此间生息

阿零·著

新华出版社

图书在版编目（CIP）数据

此间生息 / 阿零著. —北京：新华出版社，2015.11

ISBN 978-7-5166-2155-4

Ⅰ. ①此… Ⅱ. ①阿… Ⅲ. ①短篇小说—小说集—中国—当代
Ⅳ. ①I247.7

中国版本图书馆CIP数据核字（2015）第278347号

此间生息

作　　者： 阿　零

出 版 人： 张百新　　**责任编辑：** 段晓红

责任印制： 廖成华　　**封面设计：** 李尘工作室

出版发行： 新华出版社

地　　址： 北京石景山区京原路 8 号　　**邮　　编：** 100040

网　　址： http：//www.xinhuapub.com　http：//press.xinhuanet.com

经　　销： 新华书店

购书热线： 010-63077122　　**中国新闻书店购书热线：** 010-63072012

照　　排： 李尘工作室

印　　刷： 北京盛天行健艺术印刷有限公司

成品尺寸： 145mm×210mm

印　　张： 6.5　　**字　　数：** 120千字

版　　次： 2016年3月第一版　　**印　　次：** 2016年3月第一次印刷

书　　号： ISBN 978-7-5166-2155-4

定　　价： 32.00元

图书如有印装问题，请与出版社联系调换：010-63077101

序

我有个朋友喜欢刺绣，这不是在讲故事，我真的有一个朋友喜欢刺绣。她一针一线、忽上忽下地缠绕着手中的针和线，针脚密密麻麻地落在布上，一点一点地显露成形。有一次，我很认真跟她说，我觉得写小说就像是刺绣。

我把写小说当成一门手艺活儿，把自己当成一个手艺人。手艺人用他们的手在抵御时间的流逝，让时光凝结在手艺中。写字的人用文字抵挡时间的线性流淌，试图创造属于自己的时空。

本书起笔于2012年，断断续续，于2015年完成，三年有余。在这段时间里，我常常搜寻生命的记忆，试图像乘坐时光机器一样回到我记忆的最初，试图去寻找时间的针脚，去寻找微小的细节，去寻找可能的联系，但记忆并不可靠，真相也往往并不确定。说到底，就像朋友刺绣一样，我一针一线地在编织故事。有时候，写着写着，我觉得自己仿佛进入了另一个世界，这个世界既是我熟悉的地方，又不是我熟悉的地方，这些人既是我认识的，又不是我认识的。他们仿佛有自己的事要做，自己的话要说，自己的命运要演绎，他们是自主的，超出了我的笔。这是一种奇妙的感觉，有如蛊惑。有时我难免在心里为他们微不足道的命运，为他们的生老病死，为那些永远没有说出口的潜藏的孤独和深深的绝望而无声落泪。这个时候，我觉得我懂得了他们的无能为力，也理解了他们的荒诞可笑。而说到底，我也不过是他们中的一份子而已。

其实，我并不觉得需要写一篇东西来谈论它，因为我想说的，都已在这本书里了。在我看来，我把它写出来，呈现在读者面前之后，剩下的就是读者自己的事了，你们能从这书里看到什么，感受到什么，取决于你们自己。我一点都不想跳出来，对你们指手画脚，我愿闻其详。对于这本书来说，作者只是其中的一部分，另一部分就是此刻正在阅读它的你们。为此，我要感谢你们，如果没有你们，这本书将不完整，是你们赋予了它一部分价值。

阿 零

2015年10月 北京

目录

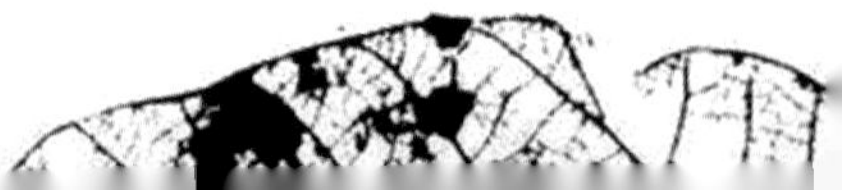

祖 厝

有那么几个夜晚，当我躺在床上，似睡非睡之时，会想起某些非常遥远的事情，远到孩童时期，甚至婴儿时期。我想，也许是因为我离开那个地方太久了，以致在不知不觉中，潜藏在记忆最深处的某些东西都开始滋生了念想。

那个小小的城，那条小小的街道，那个小小的村庄，离得越远，离得越久，却越清晰。我曾经义无反顾逃离的地方，其实是原点，是一切开始的地方。但不要指望我所讲述的是一个真实的故事。这不是什么精巧的借口，因为有时当我回忆起这一切时，连我都不敢确定事情是不是果真如此发生过，尽管它们在我脑子里一度如此清晰。

比如在六里街电影院前面发生的那场杀人事件。那时我也许五岁，也许六岁，中午从幼儿园放学回家的路上，看见六里街电影院前的空地上围了一堆人，一个男人站在人群中大声说话。好奇心让我往里挤，仗着小孩的灵便，很快便挤到了人群前。围观的人群自觉地围成了一个圈，站在圈中的正是那个高声说话的男人。他光着上半身，下面穿一条白色的阔腿裤，腰间系一根黄色腰带，手上拿一把明晃晃的菜刀。在圈中的还有一个中年女人，看上去有点脏兮兮。我想，他们肯定是变魔术的，便很有兴致地观看起来。

“你要钱还是要命？”男人大声地问女人。

“我要钱不要命。”女人话音刚落，男人举着菜刀就冲她砍了下去。

“啊”，我听见自己的尖叫声和其他人的混成了一片，与此同时，仿佛看见一滩红色的鲜血淌在地上。或许只是错觉，在男人举刀的那一刻，我就已经用双手捂住了眼睛，可能什么也没看见。等我再睁开时，看到女人躺在地上，头上盖着一块白布，地上有一滩红色。人群已经骚乱起来，我掉头就跑。

我一路跑回家，喘着粗气，脸色煞白地对我母亲说道：“我看见杀人了。”我母亲一开始很紧张，听我讲完后，却很平常地说道：“你傻呀，人家在变戏法。”

母亲的话一点也安慰不了我。闪着银光的菜刀，红色的鲜血，应声倒下的尸体，人群的尖叫声，所有这些都太真实。此后很长一段时间里，当我回想起那可怕的一幕，都犹如刚发生一样历历在目，我依然会一阵心跳加速，条件反射式地闭上双眼。只是经过一次又一次地反刍，随着时间的越来越远，对这场杀人事件，我变得越来越狐疑。“也许那并非我亲眼所见，而只是我的一个梦境”，有时我会闪过这样的念头。我说不清楚，我只知道记忆这东西就像只狡猾的狐狸，绝没有那么可靠。所以对于我将要讲的故事，我无法完全为记忆负责，当然更无法对真相负责。

在我五岁之前，王厝甚至还没有电。对于那段没有电的记忆，我已几乎遗忘，只是还清楚记得家里曾使用过几盏红色的小小煤油灯。拧开煤油灯的底座，可看到一根白色的灯芯浸在煤油里，在靠上的位置有个可以拧动的小圆环，往前拧，灯芯就向上伸，往后拧，则往回缩。用火柴点上火，然后罩上一个玻璃罩，可以挡风，顶端有个开口，灰黑色的烟从那里往外冒出来。煤油灯和我们的影子被长长地拖曳到墙上，上演着一出默剧。我喜欢对着那小小的火苗发呆，总觉得看着，看着，兴许就能看见另一番意想不到的景象，或者是什么特别的一闪即逝的幻影。在这样寂静冷清的黑夜，这些小小的幻想，成了我的秘密游戏。

王厝还算不上是一个村子，村子要大得多，事实上，王厝也就20户人家左右。这里的人都姓王，外面的人称这里为“王厝”。而我们自己又把这20户人家分为两部分，内王和外王，这和位置有关系，也和祖先有关系。很小时候，就听大人们说起，一早的时候，内王和外王的祖先应该是兄弟俩，然后一代代繁衍，就成了现在这个样子，也就是说，整个王厝，拥有共同一个祖先。

外王和内王各有一座祖宅，样式一模一样。它们都建在高地上，都由泥土和木头建成，有圆圆的木头柱子，木横梁，木门，木墙板，最高处有两个高高翘起的飞檐。房子前面是由圆圆的石头铺成的场院，没有围墙。白天时，两扇厚厚的原色木门总是打开着，走上几级石阶，跨过一个高高的木头门槛，一个长方形的院子和高高的大厅豁然在前。大厅高过院子得有一米多，中间没有台阶，要上去，只能走左右两边的台阶。站在长方形的院子里，抬头可看见天，下雨时，雨点也直接掉在铺着圆石头的地上。院子的四个角上，各放着一个大水缸，用来接雨水，干净的雨水可用来洗脸，洗澡，洗菜，洗衣服。炎热的夏天，用新鲜的雨水洗头，洗澡，连癞子、痱子都好了。

每当我想起祖屋，这样一个场景老是出现，那是一个下雨天，雨滴串成长长的、没有尽头的线，从天上滴滴答答地掉下来，掉进天井，落在石头铺就的庭院。四周的空气清爽宜人。放在院子的大水缸很快就接了半缸清澈的雨水。这样的雨也许就下一阵，也许能下一整天。看着那些从天而降的雨点，我总是好奇：天有多高，有没有尽头？这样滴滴答答下雨的场景，是日后回想起来，王厝最遥远却最亲近的一幕。

大厅正面的墙上挂着死去的先人的遗像，遗像下面有张长长的高条案，上面摆着死去的先人的牌位，牌位上刻着显考、显妣和他们的尊姓大名。我曾祖父、曾祖母、祖父的牌位都在那里，后来又多了我阿嬷的。

我母亲告诉我，我在左边那间厢房里出生。虽然我什么也不记得了，但我能想象在那个寒冷的腊月，自己被包在棉被里，饿得哇哇直哭的可怜样儿。我母亲说，“那个时候大家都穷，大人都吃不饱，哪有足够的奶喂饱你，幸好你是个查某孩子（女孩），吃得少，经饿。”其实，我知道，他们都想要个查波孩子（男孩）。我母亲曾经说漏嘴过，“当年，你爸在门外，听说是个查某孩子，只看了一眼，连抱都没抱。”我知道那是真的，因为在我的记忆中，确实没有任何被父亲抱过的印象。在我出生之后，按照惯例，家里请了个算命先生为我掐算生辰八字。那张用毛笔写下的红色命书，多少年里都被收藏在衣柜上面的抽屉里。有一段时间，我对那张红色的命书十分着迷，似乎我的一生真的已经写在那上面，红纸黑字。我一遍又一遍地看它，但字迹太潦草，而且那位算命先生文白夹杂的话实在是太难懂，我只好作罢。我无奈地放弃窥探自己未来的好奇心，决定还是先长大再说。

最初，用砖木混搭的祖屋非常热闹，每间屋子都住着人。王大刚一家，王大海一家，王大彬一家，还有王大山一家，他们都是“大”字辈，也就是我的父辈，我称呼他们为阿伯或阿叔，称呼他们的妻子阿婶，他们的孩子和我算是堂兄弟姐妹。

每年的农历七月十五和大年三十，是祭拜祖先的日子。在这两个节日里，每家的主妇都要买几样果品，做上丰盛的菜肴，摆在祖先牌位前祭拜，各家祈求各家的“福”。每当这个时候，母亲总要拉着我们小孩，双手合十，向祖先点头鞠躬，“曾阿公、曾阿嬷、阿公、阿嬷，保佑孩子身体健康，红光赤面活到一百二，保佑他们走好运，将来有出息。”每当这个时候，我就有点别扭，一方面既希望真的能得到保佑，一方面又觉得有点可笑。可大人们一个个都很虔诚，我知道她们真的相信祖先的庇佑。男人们一般是不参加这种祭拜活动的，只有各家的女人和孩子聚在一起。

记得小时候偶尔走过没人的祖屋大厅，看着一张张挂在墙上的先人遗像，背脊丝丝发凉。黑白画像上的他们或一脸苛严，或惊愕，或茫然，或愠怒。但是每次走过那个大厅，我还是忍不住要去看一眼他们——那些死去的先人的脸。

挂在最中间的那张，就是建了这栋祖屋的人。一个看上去绷得紧紧的男人。他曾经在六里街街上开个食杂店，生意还过得去，算是殷实。这个男人盖下了这栋祖屋，但是他自己却没有在这里长住，正值盛年之时，他离开妻子和孩子下了南洋。

他从六里街的码头上船，行至泉城，再从泉城换船至鹭岛。在此等了一个多月后，终搭上一艘名为“处女星号”的大轮船。行至香港，大船靠岸停泊一日，次日接着启航，在海上航行了七天七夜后，终在星洲的一个小岛上抛锚靠岸。但旅程还远未结束，接下来，他搭乘火车到达一个不知为何处的地方，再改坐牛车前往马六甲。到了马六甲后他干什么去了，我不知道，已经没有人知道了，知道的人都死了。

为什么这个先人要如此大费周章地去一个遥远而陌生的地方重新开始一切？像他这样的人万春城有很多。不知道是万春城的男人有冒险精神，还是万春城的男人都烦透了万春城这个地方。“很可能那个叫南洋的地方有很多宝藏。”小时候，我觉得这是最好的答案。

此后，那位先人在那遥远的异国他乡度过余生，一次也没有回来。而他留在这边的孩子则一代代地在祖屋里繁衍生息。在遥不可及的南洋某处，可能也有一栋相似的祖屋，在那个祖屋的厅堂上可能也挂着一张表情严肃的他的画像。好像一个人同时在两个不同的地方过着一样的生活。想到这，我觉得有点荒唐。

如今已没有人记得这位先人的名字。据说王厝有一本族谱，但是已经没人知道在哪里了，知道的人都死了，再说还有谁在乎这个呢？

王厝的祖屋早已破败，人也都各自散去。只剩王大有一户，以及一户外来的租户。王大有在院子里养鸡鸭、养狗，弄得到处是脏兮兮的动物粪便。粪便的恶臭弥漫着整个祖屋，蜘蛛网挂满了房梁，外面的石头院子也长满了荒草。王厝的人已经不去祖屋了，除了七月十五和大年三十的两次祭祖。但人都没有搬远，不过是在祖屋的周围各自挑了地建了新屋。王厝人依然还在王厝。

大概在我四岁时，父亲在这栋祖屋的下方找了块空地，盖了座新房。这是三间有土夯累起来的屋子。十年后，父亲又在它边上盖了几间砖房。如今，它看上去如此破败凄凉，从某个角度看去，泥土的墙体已被雨水冲涮得坑坑洼洼，像是随时可能倒塌，黑色的瓦片已参差不齐，缺棱少角。

王厝的夜

我五岁之前，王厝的夜被淹没在黑暗之下，只有昏暗的蜡烛和煤油灯闪烁着微弱的光。其实，王厝离六里街也就1000米左右，只要走过一条田间小路，走上5分钟就到了有电灯的街道，但是这1000米却阻断了很多东西。因为这1000米，王厝整整晚了5年才通上电。因为这1000米，王厝被划归为农村，因此不在市政居民用电的范围之内。所以当六里街上灯火通明时，王厝人只能靠昏暗的煤油灯度过漆黑的夜晚。

没有电灯的王厝，一到晚上，昏昏暗暗，人们早早地上床，偶尔有几声狗吠打破暗夜的寂静。我从小怕黑，几声狗吠，更让我惊恐不安，总觉得有什么东西惊扰了谁家的看门狗。每当在深夜听到犬吠，我便突然惊醒，蜷缩成一团，躲在被子里，竖起耳朵警觉着周围的一切动静。尤其在某个晚上听了这个故事后，更是害怕深更半夜的犬吠。

已记不得那个讲故事的人了，只记得故事是这样讲的：

从前，一户人家娶亲，酒宴过后， 宾客散去，晚上，新郎和新娘入了洞房。新娘对镜梳头，透过镜子发现床底下藏着一个黑影。她不敢声张，急中生智打破了一个暖水壶，家人闻声赶来，新娘偷偷说出真相。几个男人把床底下的人揪了出来。原来天刚黑时此人便已在床底下藏匿，一心等待夜深人静时，出来偷东西。这个故事在一个没有电的漆黑夜晚被讲起，听得我毛骨悚然。此后很多年里，每晚临睡之前，我必定带着惶恐，俯身去查看床下。即使在王厝有了电之后，这种恐惧依然跟随我很多年。

夜深人静之时，有些东西却并不睡觉。我听见从林间传来的猫头鹰低沉的声音，那声音似乎很远，又似乎很近。我心里打了个寒颤，就像是被它尖尖的爪子抓了一下。这种丑陋阴冷的动物，是来自暗夜的使者。尽管我看不见它，但我知道它就偷偷隐藏在繁茂的枝叶间，像一个阴冷的小人一样竖起耳朵，睁着双眼，监视着熟睡的人类。而且，几乎可以肯定，每天在夜里发出阴冷叫声的都是同一只猫头鹰，我知道，它天天都藏身于枝叶的阴影之间，窥探着黑夜的秘密。黑暗让我恐惧，却又让我屏住呼吸，聆听那来自它的邪恶之声。

除了猫头鹰，我还需要特别提防老鼠。它们就藏匿在家里，我不知道具体在哪，但一到夜里，它们就撒欢了，嬉笑追逐，从这个屋子刺溜一声跑到另一个屋子，我甚至能听到它们在说话和玩笑。借着外面的月光，我从下面的门缝瞥见有一团黑影蹿来蹿去。它们从门缝里溜了进来，逛了一圈，又溜了出去，然后顺着墙，爬到了屋顶上。它们在屋顶的瓦片上追逐着，碰得瓦片吱吱响，有的甚至啪地一声裂了。它们一点都不把住在这里的人放在眼里，黑夜里，它们似乎才是这个房子的主人。有时，甚至在白天时也有一两只胆大的挑衅似地出来转一圈，虽然动作很快，一眨眼就不见了，但已足够吓我一跳。

黑暗中，我躺在床上，一边要提防着房子后面树林里阴险的猫头鹰，一边又要提防这些老鼠。我对它们毫无办法，我只能任由它们在夜里肆无忌惮地追逐嬉戏。而且，我还不敢惊动它们，因为我特别害怕它们会像别的老鼠那样咬孩子的耳朵。我听我母亲说过，有一个孩子夜里自己睡觉，半夜就被老鼠咬掉了半块耳朵。那半块耳朵再也没有找回来，剩下的半块还留着老鼠的牙印。我害怕得要命，我担心我的耳朵，我把整个头藏在被子里，用手护着耳朵。我祈祷那些恶心的老鼠千万别来咬我。

我估计它们应该是由十几只大小不同的老鼠组成的大家族，不，也许有几十只，我觉得它们越来越多。到处都有它们留下的小小的黑色粪便。我想找出它们的老窝，找到它们的藏匿之处，我沿着墙角搜索，但我始终没有找到，因为有一个房间我不敢去，里面没人住，堆着一些没用的杂物，里面总是黑乎乎的，而且我觉得那些恶心的老鼠肯定就在那个屋里，我不敢贸然地走进去，我担心当我踏进那个屋子后，它们会一齐发疯地向我蹿爬过来，爬到我的脚上，我的腿上，我的肚子上，我的背上，我的脖子上，我的脸上，我的头上。一想到这个，我浑身起了鸡皮疙瘩。我始终没有勇气踏进那个黑屋子。所以，尽管我极度厌恶这些肮脏狡猾的黑色啮齿类动物，但是我束手无策。

我向我母亲抱怨，我希望她能消灭那些让人恶心的老鼠。我母亲显然并没有我那么害怕老鼠，但她同意去买些老鼠药来。在六里街上，有一个卖老鼠药的人，一个四十多岁的瘦高男人在街上铺了一块黄布，上面摆了几包老鼠药，还有一只翻着肚皮的死老鼠。平时路过这里，我总是远远瞥一眼那只死老鼠，不知道是真是假，但也不敢靠近去看个清楚。他说，他的老鼠药绝对管用，“有多少灭多少，保证一个都不少，不管用不要钱”。我母亲从他那买了两包老鼠药，回家后，沿着墙把老鼠药撒了。过两天，果然看见有两只死老鼠翻着肚皮躺在地上，但也仅仅看见了两只。那两天夜里，老鼠的声音也果然小了些，但也仅仅是那两天。第三天，它们又再度喧闹起来。我刚刚生起的一点希望一下就破碎了。再去六里街，母亲和那个卖老鼠药的男人抱怨说，“你的老鼠药不管用。”

卖老鼠药的男人问：“死没死老鼠？”

母亲说：“就死了两只，还有很多没死的。”

卖老鼠药的男人说：“有死的就说明药是管用的，只死了两只，那是药量不够，你再多买几包回去，保管死得多。”

母亲没有办法又买了两包回去，像上次那样，把一粒粒像大米似的老鼠药撒在墙边、墙角。几日过去，却没有见着一只死老鼠。母亲很生气，再去六里街找那个卖老鼠药的。

“这次可是一只老鼠都没死。”

“哎呀，你家老鼠学精啦，不吃啦，不吃可就没办法啦，这不是药的问题呀。”

母亲无言以对，只能生气地回家，也不再买老鼠药了。

灭鼠的希望彻底地破灭，我只好在黑夜中继续胆战心惊地提防着那些恶心的啮齿类动物。还好，我的耳朵从来没有被那些恶心的东西碰过，完好无损地幸存了下来。我暗自庆幸。

没想到，几年后，一场轰轰烈烈的灭鼠运动在万春城开展起来。有一天，学校的老师跟我们说：“每个同学回家去都要参加灭鼠运动，下个星期，每个同学带两条死老鼠的尾巴上交。”

虽然我希望所有的老鼠都被消灭掉，但是我没有胆量亲自去灭老鼠，更不敢去剪老鼠的尾巴，哪怕它是死的。但我又不能对老师下达的命令全然不放在心上，所以我四处留意着死老鼠，看看臭水沟里有没有死老鼠，看看垃圾堆里有没有死老鼠。但我终究没敢剪下任何一根老鼠的尾巴，第二个星期，我空手去上学，担心着会挨老师的批评。当有个同学拿出了两根细细的老鼠尾巴时，我“哇”地一下，把早饭全都吐了出来。

当王厝的黑夜终于被电灯点亮，我大大地松了一口气。我需要这光亮来对抗冗长的暗夜，尤其在夹杂着犬吠、猫头鹰低鸣和老鼠嬉闹的夜里。

那个牵头把电引进王厝的是王大刚。那时，王大刚正值壮年，凭着多年的为人做事，在王厝积累了一定的声誉和地位。王大刚做过王厝的生产队长，而且是王厝屈指可数，受过初中教育的人。平时王厝人有些什么摩擦争斗都愿找他调解，虽然有些不过是几斤粮，几只鸡，几棵菜的小事，但他们愿意找王大刚来做这个公断人。他们总是到王大刚的家里坐下，然后说："大刚，这件事你帮我拿个主意。"

王大刚总是一边给他们泡上佛手茶，一边听他们或义愤填膺或声泪俱下地讲下去。王厝人大多喝佛手茶，那是万春城自己出产的茶，尽管和邻县的茶比，名声大为逊色，但万春城的山上种的都是佛手。据说，这佛手茶由一个和尚把佛手柑和茶叶嫁接而成。王大刚抓一小把茶叶，放进白色茶碗里。沸热的开水一冲下去，卷曲的茶叶便缓缓伸展开来，似一条条小青虫。几个白色小茶杯围成一圈，王大刚一只手抓起茶碗，转着圈往茶杯里倒进黄色的茶水，如蜻蜓点水一般，淡淡的茶香便弥漫开来。

那一年，作为生产队长的王大刚，认为自己有义务点亮王厝的黑夜。他找来各家的男人一起商量引电入王厝。王厝的事都由王厝的男人来定夺，王厝的女人在这种时候通常没有说话的机会，她们被自己的男人称为"厝内的"，她们管不了厝外的事。

“大刚，这是天大的好事啊。”我的叔公，王厝辈分最高的老人，第一个站出来投了赞成票。

“人家六里街上的，用电灯都用了好几年了，咱再不通电，就真的还在旧社会了。”

“就是啊，整个六里街就剩咱们还黑灯瞎火的。”

这事很快就集体通过了。王大刚似乎胸有成竹，他已经想出了如何解决最棘手的问题——钱的问题。这还得从王大刚办的另一件事说起。

万春城有条河穿城而过，叫桃溪。据说，在几百年前，河两岸有大片大片的桃花盛开，桃溪因此得名，一如陶渊明笔下的《桃花源记》。但是，我却从未见过那缤纷绚烂的一幕，即使是我父亲也没见过。事实上，桃溪不仅没有了桃花，甚至也没了舟船。很难想像就在五十多年前，溪上舟楫繁忙，交通畅达。

在桃溪途径六里街时，有个码头，叫海客巷。下了船，走十三级台阶，上码头。海客巷不大，却一度繁华，邻近县镇的挑夫把香菇、笋干、木耳等干货及瓷器送到这里装船，再沿着桃溪南下，送到东海港口泉城。而泉城的海盐、干贝、鱼虾等海货则从桃溪北上，运到海客巷，挑夫再从海客巷把货送到内陆各乡县。“凌晨而舟车竞来，度日而笙歌不散”，六里街曾是万春城最繁华最热闹的中心地带。

这世上，有多少这样的城，又有多少这样穿城而过的河，不得而知。曾经有一位有名的僧人坐着木船，从泉城的名寺而来，他的弟子站在海客巷迎接他，他们一起踏上十三级台阶，然后步入六里长街，歇脚于灵感寺。午后，他在这寺中讲授佛法，他清瘦超然，嗓音沉缓，让在座所有人屏住呼吸。日落之前，僧人上船，沿溪而去。这不过是，千百年来，桃溪上无数次客来客往中的一次。几年之后的一个春日，僧人再度沿溪而来。这一次，他在万春城山里的一座寺中住下，择一间小屋，潜心修佛。僧人圆寂于山中，举国哀悼。像他这样的僧人，至今再没有出现第二位。如今，山中的寺庙依在，只是早已换了旧颜，一如那穿城而过的桃溪。万春城人已经习惯，桃溪上没有舟楫，山寺中没有高僧。

那一年，万春城刮六级强台风，下暴雨。人们紧紧关上门，关上窗，堵上一切透风之处，小孩子们蒙上被子，蜷缩在一起，害怕暴烈的台风会撕裂他们的房子，席卷他们的身体。

每一次，台风来了，然后，台风走了，有人死了，有人伤了，有房塌了，有树倒了。王厝有一个公共的广播，就挂在我家的墙上，每天在早晨七点播当地新闻。台风过后，喇叭里传来这样的声音："受台风暴雨袭击，全县受灾，造成3人死亡，12人受伤，房屋损毁43座，淹田15000亩。"每次如此，只不过数字有所变化而已。

暴风雨过后，人们打开窗，打开门，到处是残瓦断壁，凌乱树枝。然后，人们发现桃溪上的通仙桥在洪水和台风的共同肆虐之下倒塌了。万春城人都去看那折断的老桥。只见断处在两个桥墩之间，老朽的木头像被撕裂的断臂一样，露着参差不齐的伤口。几只死去的黑老鼠浮在土黄色的溪水上。

“千年的桥就这么断了？”

谁也没想到，屹立了八百多年的通仙桥塌了。多少人都以为它会是一座永远不倒的桥，至少不可能在他们有生之年倒掉。

通仙桥确实不是一座普通的桥，它是北宋的桥。85米长，5米宽，全部为木头所造，就连桥墩都是木块垒砌而成。它的样子也不是普通的样子，它是座有屋顶的桥。顶上由黑灰瓦片遮盖，可避风雨，可遮日头。方形桥墩大而高，桥面上木头足有10公分厚，但再结实也经不起几百年人马往来，岁月侵蚀。

人总会死，桥总会塌，桃溪需要一座新桥。

为了拿下大桥的水土活儿，王大刚请造桥的总工程师到家里吃饭。为了这顿饭，平时不沾锅台的他亲自上六里街买了两大篮子东西，鸡鸭鱼肉蛋样样不缺，比过年还丰盛。还把当厨子的王大林请来掌勺。王大林在院子里临时起了一口土灶，还带了一把锋利的菜刀和几把大勺子。他说，王大刚家的刀根本没法使，太钝。

晚上六点种，菜已全上桌。天还没黑，王大刚坐在院子里等着贵客上门。可是左等由等，就是不见人来。王大刚很焦急，怕工程师不认得路，就沿着小路走到六里街上去迎，但仍不见客人的影。王大刚家的孩子看着满桌子香喷喷的饭菜，却吃不得，也很着急。一直等到了晚上9点多，王大刚盛情邀请的客人还没来。

最后，王大刚叹了一声说，“我看是不会来了，不必等了。你们吃吧”他摆了一下手，进屋去了，饭都没吃。王大刚家的三个孩子一拥而上，美美饱餐了一顿，对于平时大多只能喝稀粥吃青菜，营养不良的他们来说，那真是一次牙祭。那段时间，家里一天三顿都是稀粥，王大刚的老婆只在中午为干体力活的王大刚，捞上一碗干饭。后来即使能吃上米饭了，也很少能吃上肉，在米饭上淋上一点猪油，加上一点盐，拌一拌，已是美味。有一阵，王大刚的老婆总是琢磨着怎么把一个鸡蛋摊得更大些，她的办法是往鸡蛋里加点水。

虽然王大刚请的总工程师没来吃饭，桃溪上的那座桥，最终还是由他带着王厝的人包下了水土活。那位总工程师并非看不起王大刚，只是不好意思来吃这顿饭，他怕把王大刚吃穷了。

大桥由长条的石块垒造而成，最沉重的力气活是抬大块的石条。王大刚和王厝的精壮男丁用他们的肩膀扛起了这座桥，花了整整两年时间才完工。

在大桥建好之后，王大刚开始张罗引电进王厝的事。他对王厝的男人说：“这些工钱，我就不发给你们了，我想直接拿它去买电线杆子，你们看行不行？”王厝的男丁在王大刚的指挥下都去扛电线杆子，把它们一根根立在路边、田头，立在山上。变电所的人把长长的电线拉进了王厝。终于在1982年，王厝熄灭了昏暗的煤油灯。从此，王厝的夜晚变得不一样。我对黑夜的恐惧，终于也因电灯，得到了缓解，在后来的一段时间里，我习惯开着灯睡觉。

王厝的第一台电视在此后的三四年里出现。那是王大山的亲戚从南洋寄来的一台14寸黑白电视机，并不是新的，不过是那边亲戚用旧了淘汰下来的东西，但到了王厝就成了宝贝。这让我又一次对南洋那个隔着汪洋大海的地方充满了好奇：他们居然把这样的电视扔了。而且，我怎么也想不明白，那样一个黑盒子，怎么能把那些人、那些地方都收集在里面。关于这个问题，王厝的大人们也想不明白。

整个王厝只有这么一台电视。每天晚上快7点时才有电视转播，人们陆陆续续赶在7点前到王大山家。那间不大的屋子很快就坐满了男女老少。象我们这种无所事事的孩子，更是早早就守在电视机旁，不愿错过任何一个节目。有时候为了抢好点的位置，还免不了吵上一架。有一回，我就被姨奶奶家的小女儿狠狠掐了一把，胳膊都青了，因为她去上厕所时，我占了她的位置。我能按顺序说出天气预报里的每个城市，我的一个乐趣就是赶在播音员之前说出下一个城市的名字。

每天晚上，大人小孩都在等着电视剧开演，不管什么电视剧都看着，当然最火的还是香港的《射雕英雄传》。“今天天气特别好，郭靖来到桃花岛，看见黄蓉在洗澡。”孩子们像唱童谣一样，天天唱这句顺口溜。

电视荧幕上出现“再见”两个字，所有的节目都已播完，一屋子人仍然不肯散去。过了一会儿，屏幕上连“再见”都没了，只有一片雪花，和嚓嚓嚓的噪音，人们不得不抬起屁股，站起来。就这样，王厝人天天晚上赖在王大山家里，足足有三年。而王大山和他老婆居然没有轰赶过任何一人。几年后，国产的黑白电视开始一台接一台地被王厝人买回家，王大山家终于清静了。但这反而让王大山和他老婆无所适从起来，尽管电视里仍然播着节目，王大山却站起来，扭动开关，啪地一声关掉了电视，对老婆说：“没什么好看的，睡觉去。”

井

王厝有一口方形的大井。通常，水井以圆形居多，而且井深，口窄，像王厝这样浅浅的大方井，还真是少见。那时，王厝人吃井水。人们用绳子绑着一个铝皮小桶，抓着绳子那头，把桶扔到井里，再搅动手中的绳子，在水面上把桶打翻，水灌了进去，桶往下沉，灌满后，抓紧手中的绳子，两只手倒着绳子，把桶往上拉。井口用四条长块的大石头围起来，井口挺宽，井却不深，能看见底。井的四周和底部都铺嵌着石头。有时候不小心绳子脱手，小桶掉到水里，就得拿长竹竿去钩上来。过一段时间，看水位变浅了，也有人顺着井里四周的石头爬下去清理。多少年来，王厝人一直靠这口井吃水，人们用铝桶把井水挑回家，再倒进一口大陶水缸里。家家都有一口装水的大缸。王厝的女人都在这井边洗衣服，一边搓着、刷着衣服，一边聊着家长里短，抱怨着恼人的婆婆，或说着小媳妇间的悄悄话。

也许是年头长了，水源不够充沛了，也许是王厝的人口多了，用水过度了，这口大方井开始供不应求。尤其在夏季，常常只剩下浅浅的一汪。

“大刚，咱那口井是不行了。得想个办法。”叔公抽着烟斗坐在王大刚家的客厅里。

王大刚给叔公泡上一壶佛手茶。“这井，还是当年阿叔您带着人挖出来的吧。”

“可不是吗，那年我才20多，今年都65了。人老了，井也会老。”

“其实还是人多了，井还是那口井。”

不同的井，水的味道不同。同一口井，不同的时间，味道也不同。

王厝就像是被遗忘的角落。六里街上的居民早就用上自来水了。和电一样，王厝人还是要靠自己解决水的问题。幸好，象万春城这样的南方山城，并不缺水。靠山吃山，靠水吃水，王大刚决定靠山吃水。

王大刚先找人在后面的百春山上勘测水源。王厝就在百春山脚下。据说在明嘉靖年间，为了抵御倭寇，人们在山上建了寨子，虽然寨子早没了，但山上的关帝庙却一直香火不断。每当初一、十五，尤其是过年过节，庙里香火萦绕，人头攒动。庙里拜的是帝爷公，也就是红脸关公。

从山上俯瞰，群山环绕，万春城就在中间小小的盆地上。

山上有松树，竹子，还有很多坟墓。万春城人死了都葬在山上，直到有一天政府突然下令禁止土葬。一代又一代万春城人在百春山上寻找最后的归宿。沿石阶小径上百春山，左右两边紧凑地排列着一个个墓碑。小时候爬百春山时心中常觉害怕，不敢去细看那些墓碑，却又忍不住要去看看。

百春山上最大最好的那座坟却是座空坟。坟的主人并不在万春城，而在南洋。他的名字在万春城家喻户晓，因为他在万春城多处捐钱。我们的实验小学就有一栋以他命名的教学楼。大楼落成，他来剪彩时，我们排队列在学校门口，手拿塑料花束迎接他。老师让我们整齐划一地喊道："欢迎，欢迎，热烈欢迎。"后来上了中学，发现也有一栋以他命名的教学楼。他在百春山上的大坟，由万春城一位有名的风水大师为之选定。据说这块风水宝地，正好枕在龙脉之上。这座大坟在百春山上修好时，很多王厝人都跑去看新鲜。

"人还没死就起坟，这吉利吗？"

"怎么不吉利，人家皇帝就是这么干的。"

坟很大，占地足有100多平米，简直可以在坟前踢足球。墓碑用上好的白色大理石制作而成，因为是座空坟，碑上无字。

勘测的人就在这座空坟的不远处找到了一个充沛的水源。山上的泉水被引进了各家各户。打开水龙头，哗哗的清水流出，母亲拿起白瓷碗接了半碗水，尝了一口："咦，还有点甜呢。”王厝的女人们雀跃起来，她们决定今晚就痛痛快快洗个澡，让清澈的泉水沿着头顶顺着脖颈温柔地、顺畅地流淌，流淌。她们要好好享受这从未有过的舒坦。

王厝那口方形大井就此被人遗忘，井边日渐长出高高的野草，井里布满青苔，井水竟也懊恼似的慢慢变浑，变臭。

百春山上的泉水，在王厝人喝了近二十年后，被测出铁超标二十三倍。

饥饿的寡妇

寡妇曾经有个丈夫。

寡妇的丈夫曾经挑着担子走街串巷，挨家挨户，吆喝着收些废铜烂铁。“收破锅破鼎啰……”，寡妇的丈夫扯着嗓子把最后一个音拖得老长。吆喝几声后，他咽了两口唾沫，然后接着吆喝。一九四五年，国民党退守台湾之前，到处抓壮丁，如果家中有两个男丁的话，就必须被带走一个。寡妇的丈夫不是他母亲的亲生儿子，他母亲心疼自己的亲生儿子。寡妇的丈夫不知道是谁的亲生儿子，只能跟着当兵的走。寡妇只能看着丈夫跟着当兵的走。

寡妇的丈夫生死未卜，音信全无。没有人认为寡妇的丈夫还能回来，他们都说要么死了，要么去了海那边的台湾。但他们都对寡妇撒谎说：“老天会保佑他回来的。”寡妇没说什么，寡妇不知道该说什么，寡妇只能勉强对他们挤出一点难看的笑容。

在丈夫被带走的那段时间里，寡妇到内王厝的一户人家去帮佣。那户人家的女主人是个白胖妇人，说话慢声慢气，一对金莲足，行动迟缓，走路无声，夏天穿一件白色麻质上衣，摇一把蒲扇，看上去和善可亲，一双眼睛却透着不易察觉的精明。她年轻时就是个丰满富态的女人，和寡妇不同。寡妇瘦且高，利落干脆，举步生风。这女人是丈夫的续弦，一辈子生了五个儿子，三个女儿，一直生到快五十岁，所有人都说她是个有福之人，一辈子不愁吃穿，儿孙满堂。大家都叫她潭婶，叫她丈夫潭叔。

当时，潭家是王厝的大户。内王厝的祖屋和我们外王厝的格局一模一样，不过更大，而潭家几乎占据了祖屋的一大半房子。在大人们的话里话外，隐约有一种传言。传言说，寡妇年轻时和这户人家的男主人潭叔好上了。

那是个总穿着一身灰黑色衣服的瘦高老头，不说话，更不笑，眼神像鹰。在我家前面不远的地方有块菜地，菜地上有一棵大龙眼树，他几乎天天在那埋头打理菜园子。天还没亮的时候，他就出现在那里，点着一盏煤油灯。碰上下雨，他就披上棕色的蓑衣，戴上斗笠，依旧埋着头打理菜园子。如果雨下大了，他就躲到菜地上的那个小茅草屋里。

一日，一个衣衫褴褛的乞丐走进了王厝，来到了寡妇的门前。“我这也没有什么吃的给你了，你上别家去看看吧。”寡妇说的是实话。但乞丐并没有走开，而是叫了一声寡妇的名字。

寡妇的丈夫回来了，是一路乞讨回来的。“饿死的，病死的，被打死的，到处都是，死了也没人埋。”寡妇的丈夫能够回到王厝绝对是老天爷额外开恩，为此寡妇不知说了多少遍“多谢天公”。寡妇的丈夫照旧挑着担子走街串巷吆喝着收破烂：“收破锅破鼎啰……” 吆喝几声后，他依旧咽了两口唾沫，然后接着吆喝。

寡妇的丈夫在逃回王厝的第十二个年头，死了，是活活饿死的。那几年，王厝饿死的并非只有寡妇丈夫一个。那年的万春城城志，这样记载：“全城春荒严重，口粮实行低标准和‘瓜菜代’(用瓜菜代替粮食)，造成水肿病和饿死人的严重后果。”

寡妇的丈夫被埋在山上，连个像样的墓碑都没有。很多年后，寡妇的儿子想给他修墓，却连坟头都找不到了，可能被人铲平了，也可能被山洪冲垮了，尸骨无存。

寡妇成了寡妇。寡妇要养大一个九岁的儿子和一个四岁的儿子。寡妇不敢伤心过度，寡妇只能擦干了眼泪，挺直了腰板做寡妇。寡妇养大了儿子，看着他们娶妻生子。寡妇却一直是寡妇。

寡妇有个小孙女叫阿冰，寡妇非常疼爱阿冰。每天，寡妇背着阿冰去六里街逛一圈，给她买块糕子吃。这种糕点，大小如火柴盒，白色的糕子上点缀着黑色的芝麻，松软香甜。那些年，阿冰吃掉的糕子估计有好几筐。

阿冰天天跟着寡妇，和她吃在一起，睡在一起。晚上睡觉的时候，阿冰总伸手去摸寡妇的背，摸着摸着就睡着了。每天凌晨四点多钟，天还没亮时，寡妇就起来做饭。没人让她起那么早，但她已经习惯了那么早。她一边做稀粥，一边蒸红薯。红薯刚刚蒸熟，阿冰就吃上了。整个冬天，寡妇一家天天吃红薯。

后来寡妇生病了，病得不轻，但阿冰依然和她睡在一起，寡妇的儿子说，“不能再睡一张床了”，就在旁边给阿冰弄了张小床。一个夜里，阿冰被一片哭声吵醒，头顶白色的灯光刺得她睁不开眼，迷迷糊糊看见一群人围在她奶奶的床前。阿冰坐了起来，不知道发生了什么事。

“阿冰，你阿嬷走了”。不知谁跟阿冰说这么一句话。阿冰仍然傻坐在那，不明白这话是什么意思。

“快过来哭你阿嬷吧。”不知是谁又跟阿冰说了这么一句。阿冰不知道自己愣在那多久后，才突然“哇”地一声哭了出来。然后如决堤的桃溪，哭个没完没了。

寡妇得的是癌，食道癌。疼痛折磨着她，使她无法进食，积攒了一辈子的饥饿折磨着她，直到最后一刻。有一次，走在街上，寡妇突然很想吃肉，她塞给阿冰两块钱，说：“阿嬷累了，在这歇一下，你到那边肉铺去买两块钱的肉吧。”阿冰有点惶恐，她从来没有自己买过东西，但还是去了。

当阿冰把买来的猪肉递给寡妇后，寡妇却生气了：“你这个傻孩子，这肉这么老、皮这么厚，阿嬷嚼得动吗？”那是老母猪肚皮上的一块肉，上面还有一个凸起的猩红色奶头。那个卖肉的中年男人把没人要的那块肉卖给了一个四岁的小孩。那是上世纪80年代初，王厝人都鲜少吃肉。寡妇心疼那白花的钱。这是寡妇对阿冰生气的仅有一次。

所有人都说寡妇是个苦命的人。王厝人这么说，寡妇的儿子这么说，寡妇的弟弟也这么说。寡妇的娘家离王厝不远。有时会带阿冰一起回去。去寡妇的娘家，要爬山。对阿冰来说，那段有着一级一级石头台阶的山路，确实有点漫长，中途常常要停下来休息两三趟。寡妇的父母早就不在了，寡妇回的是弟弟家。

阿冰叫寡妇的弟弟老舅。老舅是个十足的酒鬼，每天都得喝酒，而且回回都要喝醉。老舅母高高瘦瘦，头发凌乱，走起路来，有点飘忽。听寡妇说，她有病，平时一切正常，但发作时和疯子差不多，抽搐，口吐白沫，又喊又叫，又抓又咬。所以，阿冰总是避着她，哪怕她对着阿冰笑，阿冰也不敢靠近她。老舅的几个儿子都不爱说话，每天下地干活，吃饭，睡觉。

只要老舅到寡妇家，寡妇的儿子必定要和他一起喝酒，每次老舅都必定喝醉。“大刚，我来你这不求别的，就求有杯酒喝。”老舅总是这么对寡妇的儿子说。

“阿舅，你放心，我这好东西也没有，但酒肯定是有的，你尽管喝，我管够。”寡妇的儿子总是这么回答老舅。

寡妇去世后，老舅来外甥家，也还是喝酒，而且喝得更凶了。老舅坐在那里喝上大半天，甚至一整天，直到烂醉为止。他举着酒杯的手总是抖个不停，杯子里的酒溅出来好几滴，落在了他的手上、地上。每次喝醉了，他总是说：“我那阿姐真是个苦命的人啊。”有时候，还用颤抖的手抹一下潮了的眼睛。

因为老舅是个不折不扣的酒鬼，所以阿冰的母亲厌烦他来。阿冰也烦他，烦酒鬼，但他提起寡妇时，她又可怜他。

到了晚上，从阿冰家望去，隐隐约约能看见远处的半山腰上有星星点点的灯火在闪烁着。寡妇告诉过她，那就是老舅家。所以，有段时间，到了晚上，阿冰就会去寻找远山上的灯火，看看老舅家的灯亮了没有。当然，她并不知道哪个光点是老舅家的灯。寡妇死后，她还是常常去眺望远山的灯。

在寡妇死后一年，潭叔也死了，碰巧就葬在寡妇旁边。阿冰的母亲说：“你阿嬷去世的那个夜里，菜地上的那盏灯一直亮着。”阿冰觉得母亲想说的不只是这些。

阿冰不知道该不该只把它看成是一种巧合。多年之后，谭叔的老婆潭婶死了，却葬在寡妇和潭叔中间，三个并排的墓穴紧紧地挨着。阿冰还是不知道，这是不是巧合。寡妇的墓就在对面的小山上，从王厝望去，远远能看见。寡妇的儿子望着那三个紧挨着排列的墓穴，什么也没说。

人们在嚼嘴皮子，人们在咬耳朵，但寡妇的儿子从未说过只言片语，即使喝醉了也没有。所有的往事都连同寡妇一起埋进了坟墓里。和寡妇的丈夫一样，寡妇也一张照片都没留下，甚至连一张遗像都没有。

多年后，阿冰长大了，即使努力想也想不起寡妇的样子，但她一直记得把手伸到寡妇衣服里，摸着她的背，那种满足的、温暖的感觉。望着寡妇的坟，阿冰希望那个流言是真的，她不想让寡妇孤独一人撑过那些致命的、饥饿的日子。

说话算数

当喷着灰白色气体的火车嘶鸣而来，缓缓地重重地停下时，王大刚觉得眼前的庞然大物比想象中还要巨大，还要冗长。王大刚难掩内心的激动，还有不安。这是他生平第一次离开相依为命的母亲，第一次离开万春城，也是生平第一次坐火车。在被推搡着挤上那黑色长龙时，王大刚在仓促中回头看了一眼，但身后不过是一个陌生的车站，他那守寡的母亲和王厝，还在很远的地方。但这种留恋一闪即过，很快就被喧嚣沸腾的人群裹挟而去。这车上的所有人都在渴望一样的东西，终点站。伟大的首都，伟大的领袖，就在这趟列车的终点站。

那年王大刚十四岁，他和最好的朋友王大利，响应毛主席的号召，踏上了北上串联的列车。万春城并无火车经过，他们先坐汽车到了鹭岛，在那登上北上的列车。直到今天，万春城仍无火车经过，层峦叠嶂，虽非崇山峻岭，却也是名副其实的山城。如果要修通铁路，必须打通一条又一条穿过绵延群山的隧道。

凭学生证就可上车，无需购票，全程免费。整整一列车都是穿着绿军装，戴着红色五角星军帽，手举毛主席语录的学生。王大刚和王大利只能轮流坐一个座位，还有很多人没有座位，过道、厕所都站满了人。

列车一路向北，足足开了三天两夜，亢奋的年轻人几乎不眠不休，睏极了，打个盹便又精神焕发，斗志昂扬，已经没有什么可阻挡他们的革命热情，他们高喊毛主席的口号，他们要横扫一切牛鬼蛇神，他们要去红色首都朝拜伟大领袖。

学校停课时，王大刚在上初中二年级。即使经常旷课帮寡妇母亲干活，王大刚的成绩却始终保持班上第一，年年拿奖学金。那十几块钱的奖学金甚至还可以帮寡妇补贴点家用。王厝人都说，王大刚是块读书的料。以王大刚这样的成绩及贫下中农的成份，上高中，上大学几乎就是板上钉钉的事。

但就在初二那年，轰轰烈烈的全民文化大革命运动开始了。很快，万春城第一中学不上课了，同学开始批斗老师。王大刚不好意思批斗他的班主任，因为他觉得老师平时待他挺好，知道他没有父亲，家中困难，还送作业本，送笔给他。但王大刚也没敢去阻止那些批斗班主任的人。虽说，不能上学了，王大刚挺失望，但是十四岁的他也渴望像所有的热血青年一样加入革命的洪流。何况，革命的洪流如此迅猛，谁又能不被它裹挟而去。

那年冬天，王大刚和王大利终于站在心中幻想过不知多少次的北京天安门广场，踏步在成千上万的红卫兵之中。毛主席站在城楼上向他们挥手。城门看上去比想象中要矮，而伟大领袖毛主席看上去又比想象中要苍老和臃肿。

“我隐隐约约望见了毛主席，看不清，只是一个轮廓，感觉毛主席又高又胖，比旁边的其他领导人更高，更胖。”早些年，王大刚还常常提起那次少年时代的激情之旅，声音仍带着些许激动。走的时候，母亲给了王大刚15块钱，回家时还剩10块。这是王大刚仅有的一次青春冒险，作为寡妇的儿子，他很早就已接受命运带给他的沉重，他已习惯用尚不强壮的肩膀与母亲一起承担生活的重担。他没有幻想过自由，也没有幻想过逃跑，他所一心期盼的是，不再挨饿，让受了很多苦的母亲也可以过几天好日子。

一个月后，王大刚坐上一趟同样的列车，三天两夜后回到了王厝。从北京回来后，十四岁的王大刚彻底告别了自己的学生时代，学校已经完全停了课。不管那场革命实质上如何改变了他的命运，如何摧毁了他的未来，他却始终感谢那场梦幻般的旅行。那是他第一次有机会走出去，看外面的世界。那是他整个青春期中，最具青春特质的事件，以致在很多年后，在人到中年之时，他仍然会多次提起那次旅行，提起踏步行进在天安门广场的心潮澎湃，提起对那位已届垂暮之年的伟大领袖的匆匆一瞥。

但旅行结束了，青春也彻底结束了。当回到王厝这个熟悉的小地方时，王大刚瞬间觉得仿佛从云端掉了下来。他开始晕眩，感觉自己像一只突然被石头砸中的麻雀，头晕目眩，不知所措。王厝人在打麻雀，万春城人在打麻雀，全国人民都在打麻雀。伟大领袖指示要在十年内消灭所有麻雀。因为这些麻雀飞到田里吃麦子，吃稻子，抢夺人民的粮食。因为它们，粮食减产了，因为它们，人民不得不饿肚子。人民不想饿肚子，人民用弹弓打麻雀，用石头砸麻雀。麻雀的尸体在王厝随处可见。王大刚也打麻雀，他觉得自己就像一只被砸中的麻雀，应声落地。

摆在王大刚眼前的只有一条路，拿起锄头，像身边所有人那样，在祖辈们耕种过的这片土地上继续耕种。王大刚跟着王厝的大人去干活，去开荒，去种地，挑着货物去邻县，憋着一泡尿赶夜路。十五岁的他，一心盼着快点长大成人，否则记工分时，只能和女人一样多。其实，从父亲死去的那天起，王大刚就盼着自己长大，但是当真的彻底无学可上，再也无法坐在教室，拿笔写字，做个学生时，他还是免不了心发慌。但上天没给他其他选项，只给了唯一的选项，所以王大刚没有机会为自己人生的走向思考什么。

从只能记和女人一样的工分开始，到后来成为生产队队长，为别人计工分，王大刚在王厝的田地里完成了他的成人礼。他已经全然适应在生产队劳动的日子，而且对求学之路，已然死心，他觉得一切都已经来不及了。在恢复高考的前一年，王大刚讨了老婆，成了亲，所以王大刚并没有重拾书本，去走那条曾经想走的路，而是继续被生活驱赶着，为了一天三顿饭出卖体力。

某一天，生产队结束了，每天和所有人一起出工，一起劳作，再一起收工的集体生活结束了。王大刚买了一辆凤凰牌28寸大杠自行车在六里街头载客，做起了人力车夫。他每天早上出去，在六里街街头一停，等待着，有人招呼一声就走。为了让乘客坐得舒服，王大刚的脚踏车后座比一般的宽大。王大刚很爱惜这辆车，总是擦得干干净净，隔两天就给链子上回机油。

在街头载客时，王大刚认识了后来的岳父李老头。李老头也骑一辆凤凰28寸大杠自行车在六里街头载客。一日，李老头对王大刚说，他家的二女儿今年20岁，还没有找婆家。

王大刚在双方家长的安排下和二女儿李美玉见了一面。

回去之后，寡妇问王大刚："有什么不满意的吗？"

"没什么。"王大刚回答。

李老头问二女儿："有什么不满意的吗？"

"没什么。"二女儿回答。

这门亲事便定下了。

王大刚和李美玉去了六里街照相馆照结婚照。两个人坐下来，瞪着摄影师，不知如何是好。"坐近一点，再近一点，这是结婚照，喜事，笑一笑，都笑一笑。”王大刚和李美玉似乎还是没听明白，摄影师只好自己走过去，碰了碰两个人的头，让它们更靠近一点。“好，就这样，别动了，再笑一笑。”当摄影师按下快门的一刹那，王大刚和李美玉并没有调整好他们的笑容，脸上的错愕被永远地定格在相片上。王大刚一双圆睁的眼睛，看不出喜悦，也看不出悲伤，李美玉编两根辫子，微微咧着嘴，露一点笑，也看不出喜悦或是悲伤。摄影师特意在黑白结婚照上进行了人工上色，王大刚和李美玉的脸蛋上都被染上了两团突兀的绯红。

第二年，他们的第一个女儿出生了，但是活得很短，或许只有一分钟，或许两分钟，她在出生的同时死去，甚至都没来得及发出一声啼哭。李美玉用尽所有的力气爆发出一声哀嚎，像是拼命替她的女儿发出那一声无法发出的啼哭，而王大刚只是无声地哭泣。寡妇抹掉眼泪说：“来年再生一个。”寡妇想起了自己夭折的两个女儿，她们是王大刚的姐姐。其中一个也是在出生之时死去，另一个只活了六个月。后来生下王大刚后，为了保住王大刚的命，寡妇小心翼翼地守护者他，直到五岁才让他走出房门。

一年半后，李美玉诞下另一个女婴。当终于听到婴儿的啼哭时，李美玉也禁不住像婴儿一样啼哭起来。王大刚松了一口气，却又忍不住贪心地想，要是儿子多好。

两年后，李美玉又诞下一名女婴。这一次，李美玉和王大刚想的一样：要是儿子多好。为人父的王大刚，一边担心着还能不能生个儿子，保住王家的人丁，一边琢磨着怎样喂饱老老小小一家子。

王厝的男人女人都在为这两件事绞尽脑汁。他们在地里、在山上寻找生计。王大刚在山上种起了木署，所有王厝人都在山上种起了木薯。木薯是不能多吃的，吃多了会中毒，所以木薯收成后，被碾成粉出售。不知为何，后来大家又都一窝蜂不种木薯了，一窝蜂改种一种叫苦草的草药。

五六十年代，万春城人连饭都吃不饱，病了都是自己去山上采些草药，苦草就是那个时候在万春城被发现的。这种草药有清热解毒，凉血消肿的功效，而且简直包治百病，对治疗急性菌痢，胃肠炎、感冒、流脑、气管炎、肺炎、百日咳、肺结核、水火烫伤、毒蛇咬伤都有疗效。王厝人要是觉得哪不舒服，总是先嚼点苦草，敷点苦草。后来六里街的医药公司给苦草另取了个好听的名字："一见喜"，但万春城人仍旧都叫它"苦草"。

苦草收割后，用手掐成小段，晒干，然后卖给医药公司。一到晚上，王大刚一家都拿把小凳子围坐下来，掐苦草。掐完苦草后，连手指都是苦的。后来，医药公司因为囤货太多停止收购，王厝人只好都停止了种植。几年后，万春城出产了一种牙膏，叫"一见喜"，里面含有苦草的成份，万春城人都用它。

万春城处于丘陵地带，每个大人只分得两分地，只靠种水稻，根本就吃不饱。王大刚家里很少煮干饭，喝的都是稀粥。中午，李美玉从还没煮烂的粥里捞出一碗干饭留给王大刚，其他人喝粥，因为王大刚干体力活，吃稀粥怕饿晕了。为了填饱肚子，王厝人在地里、山上种起了大片大片的地瓜。王厝家家都吃地瓜，变着花样吃地瓜。蒸着吃，煮粥吃或放进炉膛里烤着吃，吃不完，就切成薄片，晒干了，存着，日后放在水里煮着吃，地瓜叶则清炒着吃。外面的人都说我们说话带着一股“地瓜腔”，而这地瓜腔一辈子都去不掉。

李美玉又怀上了孩子，她预感这一次应该是男孩。当第二个女儿出生时，她觉得老天在捉弄她，加上那个没活成的孩子，她已经生了三个女孩了，为何老天就不能给她一个儿子呢？肚子里的孩子已经六个月，即使穿很宽松的衣服也挡不住凸出的肚子了，她只好成天躲在家里，不敢出门。但藏在家里也不安全，村上搞计划生育的人，隔段时间就搞突击检查。她成天提心吊胆，遇上检查，就匆匆忙忙从厨房后门偷偷溜出去，爬上那条陡峭的长着密密野草的小径，躲到后面的那片竹林里，亏得她身怀六甲还腿脚灵便。

在战战兢兢躲过几次计生人员的突击检查后，李美玉终于生下了一个男孩。这让王大刚和李美玉都大大松了一口气。王大刚觉得终于对祖宗有了交代，王家血脉得以延续。而李美玉想的是，终于可以不用再生了，这些年来，每两年就生一个孩子，已经生够了。

王大刚和王厝人还是一拨又一拨地在地里种植着各种东西。此时，芦柑开始在万春城走俏起来。万春城大张旗鼓举办首届芦柑节，我们中学正在演练一个大型团体操节目。放学后我们被集合起来练白鹤拳。传说，以前万春城有武林高手，而不少武林高手都练白鹤拳，但教我们练白鹤拳的并不是武林高手，而是万春城一中的体育老师。芦柑节在万春城体育场隆重开幕时，我们都穿一身白色练功服，腰间系一根黄腰带，齐刷刷地“白鹤展翅”。这是那年万春城的一件大事，某位国家领导人为芦柑节题了字，而省里来的领导就坐在主席台上。

王大刚决定把百春山上的地承包下来种芦柑。那一阵，王大刚家里来了很多人，他们泡茶，抽烟，商议，大笑，烟蒂扔了一地，眼睛里嗓音里都带着亢奋。最后王大刚和几个王厝人如愿竞标拿下了百春山上的地，承包15年种植芦柑。所有入伙的人，都把脱贫致富的渴望寄托在了那片还没种上芦柑的山地上，仿佛这一次绝不会有闪失。

接下来的那些年里，王大刚带着一帮王厝男人日复一日在芦柑园里除草、松土、浇水、喷药、采摘。每年9月，芦柑成熟之时，王大刚站在山头上，望着成片压弯了树枝的金色果实，内心总会升起一丝希望。尽管这种希望在一年又一年之后，略有下降，却始终没有熄灭。

一框框金黄色的芦柑从树上摘了下来，看得孩子眼馋得咽口水。大人们忙忙碌碌，却总不忘讲些笑话，王大刚的大女儿阿冰趁大人们笑得前仰后合，不留神之时，偷偷拿两个芦柑躲了起来。刚剥开金色的果皮，便闻到一股新鲜的芳香，里面的果肉一瓣一瓣，像月牙儿围成一圈，取一瓣放进嘴里，汁液在牙齿间溢开。那一刻，阿冰觉得世间最好的美味应该就是这种金黄色的芬芳。就在那一刻，阿冰对父亲王大刚，升起了一丝从未有过的亲近感。她一直怕他，她觉得他从来不笑，他也从来没有抱过她，当然他也并没有骂她，或打她，他只是没空搭理她。为此，她很怕他。有一次，阿嬷背着她从厨房出来，她一下看到了父亲，便惊恐地说道："快让我下来，快让我下来，我阿爸来了。"等她从阿嬷背上跳下来后，才发现刚才看到的不过是一个挂着的纸灯笼。但与此同时，她又对父亲怀着不容置疑的崇敬。她觉察到王厝所有人都敬重他的父亲，或许她的母亲李美玉除外。

当初决定嫁给王大刚时，李美玉就知道那是一场赌博，她对他的了解，仅限于她养父母的介绍，以及唯一的一次见面。她决定博一博，因为和她相亲的那个男人看上去还算老实、周正，更重要的是，她已经不打算在那个领养她的家里继续呆下去了，她急于离开，而嫁人就是她唯一的出路。她曾经抱着希望，但结婚多年后，她开始无法像王厝其他人那样敬重自己的丈夫，她觉得丈夫对自己比对其他所有人都挑剔。他挑剔饭菜咸了淡了，抱怨屋子不够整洁，甚至埋怨她生不出儿子。他对自己的孩子也挑剔，他几乎不抱孩子，更不会照顾他们，他不许孩子们在吃饭时说话，孩子在盘子里多拔两下筷子，他会沉下脸，发火："你这么扒来扒去，别人还怎么吃？"孩子吓得一下把筷子收了回去。孩子们渐渐习惯闷着头吃饭，不说话。孩子们都尽力避开他，只要他一回来，整个房子就立马安静下来。而且他永远站在自己的母亲那边，不管对错，他认为自己的母亲守寡多年，苦了大半辈子，他天经地义地必须顺从她。

王大刚觉得自己要求并不高，只希望累了一天回到家里时，能吃上一顿好饭，安静地休息一下，但家里总是乱糟糟，孩子们的吵闹声、哭泣声让他头疼。他希望李美玉能够更勤快一些，像他的母亲那样，事事都安排妥当。他一点都不掩饰自己的不满，有时候找不到成对的袜子时，他就会骂一句："懒女人。" 李美玉总是气不过要回击两句，她觉得事情那么多，根本忙不过来。他们俩心中的怒气和不满与日俱增，但他们并不打算做点什么，他们知道，不管怎样，日子还得过下去。

一个闷热潮湿的夏日午后，大气沉沉地压下来，白色的日头却很晃眼。正在芦柑园喷药的王大刚，突然晕倒，嘴角冒着白沫。在芦柑园里，王大刚度过了一个又一个这样烈日当头的夏日午后，不曾想到会有这样戏剧性的事件发生。王大刚被人送到医院，插上管子洗胃。医生说，是严重的农药中毒。王大刚在医院里昏迷了两天，身上插着氧气管、尿管，手上插着输液管。那是他第一次住院，也是第一次和死神插肩而过。

出院后，本来就瘦的王大刚又瘦了整整一圈，脸色蜡黄，眼窝深陷，长时间没理的头发、没刮的胡子都粗愣愣地立着，果真像是刚从鬼门关回来的。听说在昏迷之时，几个孩子去医院看他，王大刚的眼里露出一丝藏得很深的欣慰。大女儿阿冰从来没见过那样的眼神，她想，这次父亲真的病得挺重。

在山上做了十年果农后，黑牛找到了王大刚。黑牛是六里街的农民企业家，来找王大刚的那天，除了宣布要竞选村长外，还劝说他合伙去开加油站。王大刚从未想过要去开什么加油站。王大刚想了整整一个月。或许是那次农药中毒，让他心有余悸，或许是觉得自己已到了最后一次冒险的年纪，或许仅仅是有点厌倦了一年又一年给那些芦柑松土、除草而已，王大刚决定下山。

加油站就开在当年王大刚带着王厝男人建造的桃溪大桥桥头，24小时营业。王大刚开始以加油站为家，吃在那，睡在那，只是偶尔回来洗个澡，换身衣服。有时候，王大刚深更半夜才骑着摩托车回家，为了叫醒李美玉去开门，他用力按摩托车的喇叭，喇叭声尖利地划破王厝的暗夜。某一个夜里，王大刚喝醉了，连车带人摔倒在路边的菜地里，没人知道，他自己爬了半天才起来，踉踉跄跄回了家。李美玉对孩子们说：“自从你阿嬷死后，你父亲就没人管啦，开始象你老舅那样往死里喝酒了。”

李美玉脑子里有时会出现，醉酒骑车的王大刚被迎面而来的大卡车撞上的一幕。事实上，王大刚的一个朋友就是这么被撞死的。一个凌晨，这位朋友在一夜狂欢之后，带着一身酒气上路，摩托车的后座上坐着新搞上的女人。一辆卡车迎面撞来，两人当场死亡。留给家中妻子的，是两个不到十岁的儿子和二十万的赔偿金。他的妻子，高个，肤白，有一个洋气的名字“安娜”，人如其名，也带点洋气，披肩的大破浪卷发，披一件有大朵印花的丝质睡衣，腰带绕过腰间在前面系一个一拉就开的结。谁曾想到，如此年轻艳丽的女人在一夜之间便成了可怜的寡妇。不知出于何种原因，王大刚猜测这位朋友并非完全是意外死亡，他说，“他也是不想活了”。王大刚的想法让李美玉很震惊，谁会那么惨烈地要死在大卡车之下，而且陪葬了一个如花的女人，并留下另一个如花的女人守寡。李美玉想，王大刚的脑子真是喝酒喝坏了。

王大刚的酗酒渐渐成了李美玉和三个孩子的噩梦。有的人喝醉后，倒头就睡，有的人开始撒酒疯。王大刚醉酒后就开始话多，车轱辘来回转，从他九岁死了父亲开始讲起，一遍一遍地说，“这就是命”。这个时候，李美玉对丈夫，孩子们对父亲的怜悯便一点点减少，只希望他赶紧闭上嘴，去睡觉。

“爸，你醉了，快去睡觉吧。”

“我没醉！”王大刚使劲挣脱大女儿阿冰的手，生气地瞪了她一眼，然后自己躺倒在床上，呼呼睡去。第二天起来，开始排山倒海地呕吐。

加油站在经营了七年之后，陷入了僵局，过多收不回来的赊账和欠款，让加油站难以为继，最后被一家国有石油公司收购。出售之后，王大刚还是要面对没有还清的银行贷款和私人借贷。讨账的人纷纷上门要钱，要利息。当年，生意好的时候，这些人也这样纷纷上门，拿着自己的钱一定要借给王大刚：“大刚，我这有点闲钱，先借你用着，利息和其他人一样就行。”说是借，其实是贷，利息比银行高出两倍，月月付利。那时，人人都不想错过这艘看似正在开往淘金之地的船。如今，船已破，人们都想带上自己的本钱和利息，全身而退。但钱没了。

李美玉希望王大刚大声宣布，现在船翻了，钱没有了，就此结束了。但是，王大刚却说：“我说话算数，你们的钱，在我有生之年一定会还，你们信不信我王大刚的为人？我王大刚是个怎样的人，这么多年了，你们应该清楚。”那个当年领着王厝人建桃溪大桥，立起电线杆子，引电进王厝，勘测水源，引水下山，开荒种芦柑的王大刚，在那一刻不过是欠了一屁股债的可怜虫。人们只好悻悻地散去，留下王大刚一人和看着这一切的孩子们。此后多年，王大刚一家再也没能走出那天的氛围。整个家庭深陷泥潭，背负着沉重的债务，以及由此带来的难堪与羞耻感。

从那天起，王大刚犹如套上了紧箍咒，不得安生，睁眼闭眼都是债。他催促自己，要赶快想办法翻身。他在离加油站不远的地方盘下了一家小饭馆。一家普普通通，没有任何特点的小饭馆，白墙灰地，只容得下四张圆桌，绕着每张圆桌搁着几把凳子。只找了一个厨师和小工，其他的都是他和李美玉自己做。后来，连那个厨师都不干了。死去的寡妇肯定想不到，这辈子在家里都没做过一顿饭的儿子，竟然拿起大勺，成了大厨。

这个毫无特色的小饭馆，只能成为零星过路客填饱肚子的地方。对此，王大刚毫无办法，他没好气地对李美玉说："你这张脸，把客人都吓跑了。"早几年，李美玉的脸突然莫名其妙长了一块一块的白色斑点，看上去像画了一张未完成的京剧脸谱。李美玉像被诅咒了似地，毁了容，且无可救药。李美玉吞下了原本想回击出去的话，只是默默地走开了。她已经不是第一次听到丈夫说这样的话了，她愤怒过，伤心过，回击过，诅咒过，后来，她死心了，选择默默地走开。

一日，几个穿着制服的人走进小饭馆。

"你是王大刚吗？"

"是，你们有什么事？请里面坐。"

但来人并没有要坐下的意思，他们取出一副手铐戴到了他手上。

王大刚愣住了，“这是干嘛？你们是哪里的？”

“你欠银行的钱，过期了，知道吗？”

“没钱还也没办法啊，要有钱早还了。”

“我们是法院的，现在我们要查封你的饭馆。”

几天前，王大刚不小心，踢倒一个热水瓶，滚烫的开水浇在左腿和左脚上，烫伤了一片。此刻他只觉烫伤处阵阵剧痛，便一屁股坐在了椅子上。过了一会儿，他开口说话：“我打个电话可以吧。”

最终，王大刚并没有被带走，饭馆也没有被查封。法院的人为他打开手铐，走了。王大刚在椅子上坐了很久，脑子一片空白，左腿的烫伤仍是阵阵生疼，他这辈子都没有想过会有戴上手铐的一天。

没过多久，小饭馆关门大吉。

从十几岁起，为了填饱肚子，王大刚就一直在奔忙，从不曾停下，他不知该如何打发掉一整天接着一整天的时间。没有事情做，没有朋友拜访。他打开电视，换频道，再换频道，关掉电视，吃饭，睡觉，再打开电视，换频道，再换频道，关掉电视，吃饭，喝酒，睡觉……他懒得去管刮风、下雨还是晴天，也不去操心夏天、秋天或冬天，他只是一具蜷缩在椅子上、沙发上、床上的躯体。只有几杯烈酒下肚后，他才能让自已睡去。有时，他想，要是就这么睡去，不再醒来，也许倒是种解脱，偶尔，他抱着这个愿望睡去。

这样的日子过去了多久，王大刚已经不想去计算，直到一个人走了进来。他是王宝坤。按辈分来说，王宝坤算是王大刚的侄子。一日他突然走了进来："大刚叔在吗？"久无访客的王大刚颇感意外。他像以前那样，打算给客人泡茶，打开茶叶罐才发现，不知什么时候已经空了，他有点尴尬。

"我不喝茶，喝了一天了。"客气寒暄之后，王宝坤说出了来意："我打算把后山的柑园包下来，就是以前你们承包的那片，不知道大刚叔还有没有兴趣？"王大刚有点愣住，似乎是没明白王宝坤的意思，又似乎是太过震惊没回过神来。一直到了晚上临睡前，他才像发现了一根救命稻草一样狂喜起来。

时隔十来年，王大刚再次回到柑桔园。他已经很久没有爬过百春山了。当再次踏进柑桔园，王大刚有一种错觉，好像自己从来没有离开过。看着当年自己亲手种下的芦柑树，他想，幸好还没有老到爬不动山了。当年，王大刚亲手种上第一株芦柑时三十五岁，再次回到芦柑园时，王大刚五十一岁。

除草，施肥，喷药，采摘，重新在山上做个果农，王大刚竟升起倦鸟归林之感，他告诉自己，或许这才是更适合他的地方。只不过，这之间毕竟横隔着十多年的光阴，在这之间六里街的骑楼拆了，六里街的米市拆了，咯摊没了，六里街百货公司消失了，六里街电影院不放映电影了；这之间，孩子们陆续离开，逃到了遥远的城市上大学，上班；这之间，王大刚老了，芦柑树老了，芦柑贬值了，销量下降了，万春城芦柑曾经远销南北各地，东南亚一带，但它正在慢慢地失去大部分市场。时间已经改变了很多东西，有的看得见，有的看不见。但好不容易抓住一丝希望的王大刚，并不想让这些来破坏他刚刚升起的对未来的设想，他的怀里热揣着一个“十年大计”，他打算用芦柑园的十年劳作去偿还那一屁股债。

王大刚兢兢业业，甚至比当初第一次管理芦柑园时更加精心地照顾那些芦柑树。只是一种以前没见过的病害已经在芦柑园里悄然蔓延。得病的芦柑树，叶子变黄，枯萎，枝干也慢慢枯萎，直至整棵树都枯死。

“不少芦柑树都枯死了。”王大刚终于把这一两年来所见到的情况告诉了王宝坤。

“是因为虫子吗？”

“不是虫子，据说是因为细菌传染。”王大刚也曾经以为是虫子。不仅仅是百春山上的芦柑树得了这病，万春城的很多芦柑树都得了这病。

“那就喷药。”

“喷过几种，都不管用，还没听说有哪种药管用。照这么下去，十年后，万春城的芦柑树就都死光了。”说出这话时，王大刚仿佛看到了满山遍野枯萎而死的芦柑树。不知怎的，他突然想起很久以前，当他还是个小孩子时，捡了一个刚下的鸡蛋，拿在手上，发现它还带着温暖的母鸡身体的余温。他欣喜过望，一不留神，鸡蛋“啪”地一声摔碎在地上。

脸

李美玉是具体哪天长出白斑的，实在是说不清楚了，但她清楚地记得那年她正好四十岁。某一天，李美玉突然发现左眉上方出现了一小块白斑，比白纸还要苍白。一开始李美玉并不在意，以为不过是普通的白藓，但过段时间后，嘴角边上也出现了一块。这让李美玉开始有点不安。

李美玉去了王大明的诊所。王大明把了把脉说："肝气郁结，气和不畅，气血不畅"，然后开了几副药，让李美玉回去调理调理。李美玉把药都吃完了，也不见有何好转。她对着镜子细细端详自己的脸，"是不是又大了点？"她这辈子都没有这么仔细端详过自己的脸。最后，她骂了一句："什么破医术！"

李美玉又到六里街医院去，看的是西医皮肤科。那个戴着眼镜的男大夫说："你这是过敏了。"然后给李美玉开了几管药膏。李美玉把药膏都抹完了，也没看出任何好转。她对着镜子细细端详自己的脸，这次非常肯定眉上和嘴角的白斑都扩张了它们的地盘。她又骂了一句："什么破医术。"

后来，听说有北京的皮肤科专家到万春城医院问诊，李美玉有点兴奋，一大早便赶了过去。那个老专家很肯定地告诉她："你得的是白癜风，不好治。我这有自己配的药膏，你拿回去试试。"李美玉买了好几瓶药膏回家，天天抹，半年下去，药膏快抹完了，仍不见任何好转，而且两处白斑像滴在宣纸上的白色颜料一样，继续向四周一点点扩散。"什么专家，一点用都没有，骗子。"李美玉不只是愤怒，还有绝望，她不知该上哪去寻医问药了。

李美玉是个秀丽的女人，眼睛大，下巴尖，鼻梁高，颧骨也高。四十岁，对一个女人来说，虽非最好的年纪，但仍是一个好的年纪。而李美玉却在四十岁时，毁容了。如果是六十岁，不，哪怕是五十岁，李美玉也不至于如此不甘，但偏偏就是在四十岁，在这个仍然美丽、丰盛的年纪，毁容了，何况她原本还有一张娟秀的脸。

李美玉脸上的白斑还在悄悄地一点一点地滋生，像病毒一样扩散。嘴角的白斑已经向上爬，爬到鼻子周围，眉上的白斑也没有停止，快爬上了额头。李美玉毕竟要出去见人，她不得不经受别人的眼神，那些惊讶、可怜，甚至嫌恶的眼神。连她的孩子，看她的眼神，都是一种伤害。她如何能经受住丈夫王大刚的眼神呢？李美玉走路，低着头；说话，低着头，羞愧地低下她的头，羞愧地埋起她的脸。但人人都是一面镜子，李美玉无处可藏，无处可躲。

自从带着李美玉去看过北京的专家后，王大刚便对自己老婆的那张脸基本放弃了希望。他并不是不为此难过，也不是心肠太硬，他只是无法做个圣人，他一日一日地疏离李美玉，一日一日变得刻薄，最后把这些年的不顺统统发泄在李美玉身上。

“看看你这张脸，难怪我做什么都做不成。”两人吵得激烈时，王大刚抛出那句直戳要害的话。

“做不成是因为你笨。”面对丈夫恶毒的指责，李美玉选择恶毒地给予回击。她想，自己是不是遭到了诅咒？

王大刚和李美玉各住各的屋，各做各的事，在最坏的时候，如非必要，互不说话。但他们并没有走到离婚那一步，连他们的孩子都无法理解。早些年，孩子们曾想过父母可能会离婚，这让他们不安，但后来，他们竟隐隐地希望父母去离婚，这同样让他们不安。

婚没有离，李美玉信了佛，一串佛珠在手，每日念四十九遍“南无阿弥陀佛”。每年，她都坐长途车去趟南海，拜佛朝圣。

家里安静了下来。三个孩子都离开万春城，上外地上学、工作。逃的最远的是大女儿阿冰，她去了北方的一个城市，和万春城隔着大半个中国。院子里的草肆无忌惮地疯长起来，常年的雨水冲刷，两层层小楼的外墙皮上长出了一条从上至下长长的青苔。房上的黑瓦已显凌乱。有时恍惚间，李美玉似乎还能听见三个孩子在相互嬉闹、吵嘴、打架。

“成天吵得都快把屋顶掀了，再吵架，看我揍不揍你们。”

李美玉被孩子烦得不行时，总是这么恐吓他们，也不只是恐吓，有时也真揍他们。最小的孩子离开后，一下子静得让李美玉有点发慌。王大刚和李美玉也吵累了，休战了，井水不犯河水。连李美玉脸上的白斑在爬上额头后，也终于不再扩张了。李美玉五十四岁了，对自己的脸，不再那么无所适从地难堪，也几乎不再抱着救治它的希望。她那做了医生的儿子告诉她说，这不仅仅是皮肤的问题，而是血液的问题。从那时起，她心中残存的那一点点期待，就象王厝的煤油灯一样永久地熄灭了。她告诉自己说，或许这是好事，她终于可以死心了。现在，李美玉只想清静地过日子。

“再过两年，我就可以去庙里住了，交点生活费就可以。”李美玉拿出一本用塑料袋子包裹着的红色本子给大女儿阿冰看。那是万春城一家寺庙发给她的，上面有一张她的一寸照片。她被称为“普美”居士。

阿冰觉得这也未尝不可。她从未向母亲提起过自己的恐惧，尽管她一度怕得要死，怕自己有一天会像母亲一样，脸上也长出白斑。她当然怜惜自己的母亲，她愤恨命运如此残酷地捉弄自己的母亲，她同样也害怕命运有一天会捉弄自己，当听到做医生的弟弟说，这是一种血液病时，她更为恐惧。她害怕自己的血液也有问题，毕竟她的血管里流淌着一半母亲的血。她觉得这就像一个定时炸弹一样，总有一天会爆炸，母亲的炸弹在四十岁爆炸，她的炸弹会在哪年哪天爆炸呢。她不知道。但是越临近四十岁，她越害怕。她也安慰过自己，可能这个炸弹永远都不会爆炸，她祈祷它不会爆炸，但这种安慰其实并没有减少一丝一毫心底的惧怕。有时，她在镜子前细细地端详自己的脸，想象它像母亲的脸一样，从下巴往上，到鼻子，再往上，到眉间，在脸的T形部位，像被病毒侵蚀一样，统统变成纸样的苍白，看上去像画了一副京剧的脸谱。她闭上了眼睛，不敢再看。但她的脑子还是飞快地闪过一个念头：到那时，她的丈夫将无情地抛弃她，就像她的父亲对待母亲那样，她的孩子将可怜她又嫌弃她，就像她自己对待母亲那样。她知道，如果那一天真的来临，她毫无办法。有一次，阿冰三岁的女儿问道："外婆的脸怎么是那样的？"阿冰迟疑了一下，说道："因为外婆生病了。"曾经有一度她有点担心孩子会被吓哭，但幸好没有。

李美玉也从未向女儿提起过自己的愧疚。她害怕自己的不幸被复制到儿女身上，然后又被复制到儿女的儿女身上。她安慰自己，也许事情不会那么糟，但是她又想到，自己的不幸也是被复制的。李美玉有个身世之迷，她不知道自己的亲生父亲到底是谁。她出生在六里街，她在南巷子二号的骑楼里住到五岁，直到她的父母把她送给了一户姓辜的人家。在那个辜家，她知道自己只是个养女，她知道六里街的李家才是她真正的家，她知道六里街的父母才是自己的亲生父母，所以出嫁后，她便把姓名都改了回来。她没想到，自己还是错了，六里街的母亲是亲生母亲，但六里街的父亲却不是亲生父亲。没有人明确告诉她，她的亲生父亲是谁，她的母亲直到死都没有告诉她。直到她母亲死后几年，她才第一次听说自己还有个亲生父亲。

在李美玉刚长上白斑之时，和李家住一个巷子的那位老太婆，曾神秘兮兮地告诉她说，她的亲生父亲是住在街尾一位姓陈的男人。“我一看到你脸上的这些白斑，我就更确定你是他的孩子，有段时间你妈跟他走得挺近，他脸上也有这样的白斑，他那几个儿子脸上都有，不会有错。”这位老太太，从李美玉母亲嫁到这条巷子时，就住在那，当她告诉李美玉这些时，眼睛里有一种掌握了别人秘密的得意，但李美玉只是听着，什么也没说，她觉得头顶的阳光晒得她有些晕眩。

很多年后，李美玉和女儿阿冰走在路上，突然指着一个骑摩托迎面而过的男人说：“看见那个人了吗？有个老太婆说，他的父亲便是我的父亲。”

在匆匆擦身的瞬间，阿冰看见一位大概50来岁的中年男人，脸上也生有母亲一样的白斑。在迎面而过的瞬间他也朝她们看了看。

“他可能也听说什么了。”李美玉像是说给自己听的，“就算他的父亲是我父亲又怎样？”那时李美玉对于确认谁是自己的亲生父亲已没有太大的兴趣，何况这事也无从确认，知道答案的人已死了多年。

见过那张和母亲一样被白斑侵蚀的脸后，阿冰似乎比李美玉还惶恐，在那一刻，她几乎绝望地告诉自己，谁都逃不出命运的手掌心，即使是五指山下的孙悟空。但阿冰什么也没说，她不知道该说什么，她既说不出安慰母亲的话，也说不出安慰自己的话。

南巷子二号

南巷子二号，六里街头的那条小巷子，西面第二个门便是。那是李美玉的娘家。窄窄的小巷子两边都是木头骑楼，一条石板小路向前延伸。李家没有开店铺，白天用不着把所有的门板都撤掉，只是开了一道窄窄的门。一踏进去那道门，就觉得眼前一暗，骑楼纵深长，光线不好。向前走，中间是通向二楼的楼梯，几乎是漆黑一片，一直走到后面的厨房，才一下亮了起来。

小时候，阿冰有点害怕去外嬷（外婆）家，一是因为怕黑，而且因为黑，她已经摔过好几跤；二是因为怕人，外嬷家的人看上去都不怎么好相处。外公总是穿一件绿色的军大衣，一点笑容都没有，也不和她说话。他一个人缩坐在黑暗的角落里，不吭声，喝茶或喝酒。老斜眼看人的三舅也不爱搭理她，而三姨从来都是一副不可接近，骄傲的样儿，根本懒得搭理她。整个家里也只有外嬷和二舅还比较好接近。

外嬷看上去和外公是两类人，斯文、瘦弱，一头银灰色的头发与肩齐，说话细细的、缓缓的，似乎受到了什么惊吓，像一只时刻对周围环境保持警惕的小兔子。外嬷是民国时代的高中生，在那个时候，也算是闺秀。她的父亲是个商人，后来带着两个儿子到南洋去做买卖，那个时候漂洋过海下南洋去淘金的男人不在少数。父兄们这一去都再也没有回来。外嬷和她的母亲只能靠从南洋寄来的家用生活。后来，她的父亲在那边又娶了新的妻子，生了新的孩子，自然就更不可能回来了。而她的兄弟们再回到万春城时，已是满头银发的老头。

高中毕业后，外嬷嫁人，嫁的是门当户对的商人之家。外嬷的丈夫不久后也去了南洋，在那边娶妻生子，一去不回，和她的父亲一样。

几年后，外嬷和一位中学时代的同学遇上，之后生下了一个女儿。男同学的老婆找上门来闹，闹得不安宁了，男同学便不敢再来找外嬷。尽管如此，外嬷在几个孩子中，还是始终最疼这个大女儿。四年之后，外嬷生下李美玉，而生父是谁，却成了李美玉这辈子都没能解开的谜。可以肯定的是，那个男人也不过是外嬷命里的匆匆过客。

两年后，有人给外嬷介绍了一个男人，这个男人是个穷光蛋，在六里街出卖苦力，帮人扛货。尽管两人不论是出身、教育，还是性格都大相径庭，但外嬷还是嫁给了他。结婚之后，这个男人搬进了外嬷家，也就是她第一任丈夫留下的那两层木头骑楼。李美玉一直以为这个男人就是她的父亲，阿冰也一直叫这个男人为“外公”。

李美玉5岁时，隔壁邻居有亲戚来串门，看到李家的几个女儿，说自己有四个儿子就是没女儿，特想要个女儿，说着说着，竟试探着能不能带走一个女儿回去养。当时李家的日子并不好过，外嬷又生了一个儿子和女儿，有四个孩子等着吃饭。对于那两个非亲生的女儿，外公并无所谓哪一个送人，但外嬷是有所谓的，她决定把第二个女儿送人，因为无论如何她始终还是最疼第一个女儿。而日后再看，这对李美玉来说，倒是一件好事。那个留下的女儿，李美玉的姐姐，在此后漫长的日子里常常一边忍受着饥饿，一边忍受着坏脾气的继父的打骂。整个童年和青春期，留给她的是难以治愈的胃溃疡和夜里的噩梦。

在李美玉被送走后，外嬷又生了两个孩子，最后一个是个傻子，阿冰叫她“傻姨”。傻姨生来就傻，但外嬷直到三岁才发现她傻。一开始阿冰有点怕她，因为她的样子看上去怪怪的，但后来发现她并不伤害别人，只是傻，老傻傻地笑，笑起来就露出两排有点发黄的牙齿。傻姨的皮肤却很白，因为老呆在家里的缘故。时间长了，阿冰发现傻姨是除了外嬷和二舅之外，另一个好相处的人。踏出外嬷家的厨房，有一块小小的空地，外嬷在那搭了个葡萄架种葡萄。傻姨从上面摘了一颗葡萄送到阿冰嘴边，说：“吃，吃。”这个时候，阿冰觉得傻姨并不像他们说的那么傻。

但事实是，傻姨的智商可能还比不上三岁的孩子，天天都需要外嬷照顾她吃饭、穿衣、拉屎拉尿。外嬷的忧虑随着傻姨的长大，与日俱增。傻姨的将来成了外嬷最深的忧虑。

“将来哪天我走了，谁来管美华？” 美华是傻姨的名字，但只有外公和外嬷还这么叫她。外嬷说这话的次数越来越多了，但是没有人敢接她的话茬。谁都知道，只要一接这个茬，就永远也别想脱身了。有时候，外嬷会出神地看着傻姨好一阵，然后重重地吐出一口气。而在外公看来，船到桥头自然直：“我就不信，这几个兄弟姐妹会看着美华活活饿死”。说过这话没多久，外公便中风了。

中风后的外公行动迟缓，僵硬，只好在家门口卖老鼠药。他在那把椅子上坐一天，一天里有时一包老鼠药也没有卖出去，有时能卖出几包。一天夜里，他独自坐在那把椅子上死去。二舅、三舅和三姨都怀疑，他是自己吃了老鼠药。

外公去世，外嬷对傻姨更是力不从心，忧虑一日胜于一日。而阿冰两个舅舅也同样忧心忡忡。两人都到了讨老婆的年纪，尽管媒婆找了几个姑娘，但一听说家里有个痴呆的妹妹，都坚决推掉了，连见面都不想见。这更加深了外嬷的忧虑。有时她想，要是当初没有生下这个孩子就简单多了。但是她心里清楚，世上就没有那么简单的事，至少那么简单的事从来没有发生在自己身上。

一天，李美玉从娘家回来后宣布说："傻姨嫁人了。"

"傻姨怎么能嫁人，谁能娶她？"阿冰非常惊讶。她觉得母亲似乎并没有为此事感到高兴，反而是不安。"你外嬷已经把傻姨送走了，我也是刚刚才听说。"

外嬷找了媒婆帮忙，媒婆给傻姨介绍了一个瞎子。李美玉没见过瞎子，只听说瞎子和他的母亲住在一起，瞎子以算命为生。

外嬷把傻姨送到瞎子家里，叮嘱说："美华，以后你就住这里了，要听话，过些天我再来看你。"外嬷轻轻摸了一下傻姨的脸，就狠下心走了，听到身后傻姨叫了两声"阿母，阿母"，也没有回头。回家后，外嬷不敢去想傻姨接下去的每一天是怎么过的，只能在心里一遍又一遍地念着"菩萨保佑"。好几次，她听到傻姨喊"阿母"的声音，赶紧跑到巷口去张望，却什么都没有。她觉得哪里不太对劲，才发现自己已经耳鸣了好几天。

三个月后，傻姨被瞎子送了回来。

"我阿母死了，那天天气很热，美华把衣服都脱了在祖厝里跑，邻居看见了，跟我阿母吵了一架，我阿母气不过就吊死了。"瞎子跟外嬷解释说，"剩我一个人根本没办法照顾她，你知道的，只好把她送回来了。" 外嬷实在是找不出拒绝的理由。

傻姨重新回到南巷子的家，外嬷继续像往常一样照顾她，不再提嫁人的事，好像什么都没发生过一样，只有外嬷的白发又多了一些。

大约半年后的一日，李美玉从南巷子回来后说："你傻姨走丢了。"

阿冰很震惊："怎么走丢的？出去找了吗？"

"找不到了。"李美玉只说了这么一句。

此后，走在路上，阿冰开始在人群中，搜寻傻姨的身影。每次去外嬷家，都要经过一栋房子。那栋房子和王厝的所有房子都不一样，更古旧，却又更奢华，更漂亮，事实上王厝所有的房子和它比起来，都显得简陋。它有两层楼，正中间有一个宽宽的大门，二楼阳台的护栏是一个一个高高的绿色瓷瓶。房子前面有个花园，里面的植物肆意生长，几大盆粗壮的刺玫总是怒放着。朱红色的刺玫花虽然小小的，枝干上的刺却粗壮坚挺，如果有人敢去碰它们，必定会被狠狠扎伤。花园外面是围墙，而花园的铁栅栏总是紧闭着。这样漂亮的房子却没人住，连一个人影都没有。这房子是阿冰心里的一个谜，她想，也许傻姨迷路了，走进了这房子里。所以，每次路过这房子时，她总是要叫两声："傻姨，傻姨……"但是，从来都没有得到回应。

每过些天，阿冰就问李美玉："找到傻姨没有？"李美玉的回答总是那句"找不到了"。时间长了，阿冰渐渐接受了傻姨走丢的事实。只是偶尔想到她，就问李美玉："阿母，你说傻姨现在在哪？”李美玉总是回答她“不知道”，便不说话了。

有时，阿冰想象，傻姨走丢了之后，被某个好心人带回家去，给她饭吃，给她衣穿，让她有个地方睡觉。阿冰希望有这样的好心人。

傻姨走丢后半年，外嬷离开了万春城，北上去了大女儿家，一住就是三年多。就像知道自己将不久于人世似得，外嬷在去世前半年回到六里街。再见外嬷，阿冰感觉她一下老了许多，眼睛花得厉害，头发全都白了，背也驼了，看上去像比以前矮了一头。

直到外嬷去世后多年，阿冰才知道，其实傻姨并不是自己走丢的，而是外嬷把她带到了一个陌生的地方，然后自己走了，把她丢了。那天外嬷给傻姨做了顿红烧肉，看着她吃饱后，给她换了身干净的衣服，然后带她出门坐车。那年，傻姨25岁。

六里街

当然，六里街只有六里长。

每个地方都有它的过去，六里街也有一层又一层被岁月埋藏起来的脉络和故事。明清时期，这里是附近几个市县的货物集散地。西边山区的商人把竹笋、香菇等山货运到这里，东边沿海的商人也把鱼虾、海盐等海货运到这里，然后进行交易。山货由像王大财那样徒步的挑夫长途跋涉送到这里的，而海货则走的水路，从穿城而过的桃溪而来。那时的街道只是3米宽的鹅卵石小街。到了民国，“商贾辐辏”的六里街街道被拓宽，沿街的店铺也都改成了两层的木头骑楼。

六里街现存的骑楼便是那时的骑楼，它们在一场大火后在废墟中建造而成。沿街的店铺门面都不大，但往里进去，后身却长。铺面开业做买卖，后面则是居家过日子的地方。店铺的大门是用一块块窄长的木板拼起来的，人称“铺鞑子”。每天早晨，一家家的店铺把一块块的长门板撤掉开业，每天晚上，再把一块一块的木板放进门槛和门框里，关门歇业。街边两排的店铺长长地排开，一直排了六里。六里街也因此得名。

六里街曾经是热闹的。清晨五点来钟，天刚刚亮时，街上就开始骚动起来。有人挑着还挂着露珠的青菜在路边叫卖，杀猪的也已经把刚刚宰杀、收拾好的猪肉、下水都摆上案来，一股血腥味弥漫在街头。那个卖猪肉的男人高大，健硕，天热时，光着上身，脖子上挂条黑色围裙，围裙上粘着血渍，脚上套着黑色防水靴，就像周星驰在《国产007》里那样。不过六里街的屠夫仅仅是个屠夫，粗鲁，丑陋，油腻，说话粗声粗气，总是一副跟谁都过不去的样子，有时拿一根用棕榈树枝做成的拂尘赶一下苍蝇。受到惊扰的苍蝇四下散开，但很快便又飞回来落在油腻腻的猪肉上、案板上和屠夫的身上。

杀猪，我见过。王厝人的习惯是，找个熟识的屠夫上门，在自己家里把猪宰了。我记得每次上我家杀猪的，都是同一个人，整个王厝也都找他杀猪。他并不象六里街上那位杀猪男人那么高大健硕，只是中等个，有点偏瘦。每回凌晨3点来钟，他便到了要宰猪的人家里，开始动手。

首先要做的是把猪抓住，用绳子绑在两条并排的条凳子上。在一阵围追堵截中，惊慌失措的猪乱跑乱拱，发出绝望的哼哼声，这个时候杀猪的男人总要咒骂上几句：

“干你娘，看你能跑到哪里去。”

之后是几声尖利的猪的嚎叫，我总是在这尖叫声中被惊醒。然后，披衣起床，跑去围观。

在那尖利的嚎叫声响起时，刀，已经深深扎进喉咙。血喷涌而出，淌进一个大木盆里，没多久便凝固，变成暗红色。撕破夜空的几声凄厉的尖叫之后，猪头无力地垂下，随着几声低沉的哼哼，终于彻底断了气。全身绷紧，用尽力气的杀猪男人也松了下来。

多年以后，我的堂弟也成了一名杀猪的屠夫，每天天蒙蒙亮时，就在六里街街头摆上新鲜的猪肉。这是他自己选择的行当。那时，他初中毕业，不想再上学，他父亲对他说："那你自己选一门手艺学去吧。"摆在他面前的是三种选择：汽车修理、厨师和杀猪。他选择了杀猪。他拜师学艺的那位师傅，便是以前到王厝杀猪的那位屠夫。但是这个行当堂弟也没做太久，因为宿醉的他总是无法在凌晨起床，赶去杀猪。他的师傅，老了的屠夫，摇摇头说："现在的年轻人，跟我们不一样，我们那时候觉得能学得一门手艺，已经是上天赏饭吃啦。"不做屠夫后，我的堂弟去了附近一个以卖服装和鞋子而闻名的城市，加入了一个装修队。

除了卖菜的，卖肉的，卖早点的人也早早就要出街。他们把小炉灶搬到街上去，这炉灶是个铁桶，生好烽窝煤放在里面，在下面有个开口，卖早点的人时不时拿起大蒲扇扇几下。火上的大锅冒着热气，锅里煮的是烂熟的花生汤。一碗甜花生汤，再来上两根油条，是最日常的早点。我小时，每逢王厝有人娶亲，做寿，摆喜酒，最期盼的是最后两道菜。说是菜，其实是甜点，一道是蛋糕，一道就是花生汤。蛋糕是蒸的，淡淡的黄色，口味也是淡淡的，不放奶油，不放水果，就是用很简单的鸡蛋和面粉蒸，吃一口蛋糕再来口花生汤，那就是整场酒席中最美的佳肴。

六里街上有个米市，各种米面粮油在此出售，多个咯摊也在里面。咯摊是万春城的一种特色小吃，最早就起源于六里街，有点类似火锅，咯摊这名字便来自于汤底沸腾的咯咯声。不同的是，咯摊用的桌子不是圆桌，而是八卦桌，中间放一口大锅，人们围坐在条凳上吃。咯摊用大骨头汤做汤底，涮的是猪大肠和心肝肺等内脏，或青菜豆腐。各路人等来到咯摊，落座，点菜，不认识的人同涮一锅汤，各涮各的，各吃各的，或许搭讪，或许无话，都是正常。饭不限量，必定管饱。锅里的汤少了，主人加汤加水，但一天下来，汤底却是不换。所以一天下来，可能有二三十人在同一口锅里吃过。

米市内的咯摊属万春城最正宗，客人络绎不绝。每次看他们吃得热气腾腾，我总想，那是什么滋味呢？那个时候，万春城的咯摊虽没有规定只有男人能去，但几乎很少见过女人上那吃饭。偶尔有，也常常被认为不是正经女人。

有一对年轻夫妇经营的咯摊特别火。男人和女人都是高个，女的热辣干练，男的在夏天总是光着上身，吹着小曲。小学六年级的夏天，我放学后常和一位女同学一起走，女同学穿鲜艳的花朵连衣裙，看上去比同龄人要成熟许多，她走起路来屁股一扭一扭，像在跳舞，更加不象是我们这个年纪的女孩。一次和女同学走过这个咯摊时，我留意到咯摊的那个男人，不怀好意地盯着她瞧，从上往下，又从下往上扫，有时还吹上一声口哨，甚至大胆地赞上一句：真水（美）。他身旁的一大锅汤沸腾着，向上翻滚着，跳跃着。我偷偷瞟了瞟女同学的脸，见她低着头，并未回头去看那男人，脸却红了，嘴角有一丝不易察觉的浅笑。这让我有点不知所措。下次再经过这咯摊时，那光着上半身的男人贪婪的目光依旧在我那位女同学身上放肆地移动。我的女同学依旧低着头，红着脸，扭着屁股走过，清楚地知道有一双贪婪放肆的眼睛在自己身上流连忘返。那样的时刻，成了她秘密的冒险，连我这个旁观者，都感受到了那股在张扬和压抑间逃窜的暧昧的躁动。

那样不安的躁动随着夏天的结束，也渐渐冷淡下来。咯摊的男人穿上了他的上衣，我的女同学也换下了绚丽的花裙子。当冬天来临，米市开始了整改，咯摊都不得不关张歇业。

那年冬天特别冷，我的脚上生平第一次长了冻疮。万春城的气温居然降到了零度以下，搁在院里的一桶水，破天荒地结了一层薄薄的冰。有一天，天上竟飘起了一朵朵小小的白色雪花，虽然只是短短的一小会儿，但已足以让我惊叹不已。为了更好地看清楚那一点点雪花，我撑开了一把黑色的雨伞去接它们。我母亲说，以前从未这么冷过。

一日，正在家吃饭，一个蓬头垢面的男人，拿着一个大瓷碗，出现在我家门口，嘴上说了一句什么，显然不是万春城的话。母亲往他碗里倒了大半碗粥，说：“就这些了，赶紧走吧。”

后来，我看见，这个脏兮兮的男人和其他几个同伙就呆在路口大龙眼树旁那间废弃的屋子里，睡在稻草堆里。那条路是去六里街的必经之路，走到那，我就有点害怕，怕那几个乞丐会突然窜出来，拦住我的去路。

那年冬天，万春城一下涌入了一大批乞丐和卖艺人。一日放学，我看见六里街电影院前面围了一堆人，便走过去想探个究竟，一眼看见站在人群中央的男人居然拿着一把明晃晃的菜刀。

男的大声问女的：要命还是要钱?

女的大声答：要钱不要命。

男的挥动了手中明晃晃的菜刀。随着一声尖叫，我本能地闭上双眼，人群一阵骚乱。再次睁开时，只看见倒在地上的女人，上半身盖着一块红布。我仓惶而逃。女人干脆利落的那句“要钱不要命”仍在我耳边回响。

这就是我在故事开始时提到的那场“杀人事件”。

这场卖艺人弄虚作假的把戏，却让我体验了无比真实的恐惧，并在我童年虚虚实实的记忆地图上印上了一个标记。那个标记就像盖在女人头上的那块布一样，是血一样的红色。

大人们说，这些乞丐都来自北方一个叫徽城的地方。他们说，大水淹没，洗劫了那个地方，人们无家可归，无粮可吃，只好南下乞讨。大人们还说，那里很穷，常闹饥荒，有一大批人常年在外讨饭，并以此为生。我开始想像那个遥远而饥饿的地方：天寒地冻，人人饿着肚子，人人是乞丐。我不敢确定是不是真有这样的地方，但在我的想象里我把它标记为一片灰色。

相比那些只是要饭的乞丐，我更害怕那些卖艺人。除了拿刀砍人的把戏，他们还训练孩子卖艺。而且他们居然还信誓旦旦地说，孩子都是自己的亲骨肉。这些卖艺者来到咯摊市场上，敲几下手中的破锣，人们围拢而来。几个皮包骨头的孩子，橡皮糖一样把身体随意扭曲成各种不可思议的形状，掌管他们的人则拿个盘子向围观的人群收钱。有一回，我在好奇心的驱使下挤进了围观的人群，看见一个男人抓住一个小女孩的手臂用力一扯，女孩“哇”地一声惨叫，小手臂耷拉下来，断了。男人拉着女孩转了一圈，向观众展示那条脱臼的手臂，然后男人抓住那条手臂不知怎么又用力一摆，竟把手臂当场接上。女孩的眼泪在眼眶里打转，竟没有哭出声来。我的胸口一阵发紧，不敢再看，逃出了人群。自此，再碰见那些奇怪的卖艺人，我就赶紧躲得远远的。

当万春城最冷的冬天终于过去，天气开始一点点转暖时，那些可怕的卖艺人一下子都消失不见了，就像当初他们蜂拥而至万春城时一样突然，而且再也没有出现第二次。以致有时候，我会对那年冬天留下的关于他们的那些记忆充满了狐疑，它们如此真实，又如此虚幻。

只有作为那段记忆见证的六里街电影院至今还在。那时，咯摊旁边的六里街电影院刚营业没几年。对王厝人来说，郑重地买张票进电影院，花一两个小时坐在黑暗中观看一场电影，是一件不寻常的事。一辈子都没有走进六里街电影院的人也大有人在，比如我的父母，他们便从未踏足那里。

我第一次坐在六里街电影院里，是由十六岁的阿凤带我去的，那时的我还不到一米二， 只要有人带着就可堂而皇之地免票进入。我在六里街电影院观看的第一部电影是一部好莱坞的超人电影。超人力大无比，双手可抬起一部汽车，超人能像鸟儿一样飞来飞去，超人无所不能，却害怕一块绿色的石头，我真心为他感到难过。走出电影院时，我觉得自己像是从另一个世界回来一样，六里街和王厝反而有点恍惚不真实起来。

后来，抱着对另一个世界的强烈渴望，我又一次跟着阿凤去看电影，却被门口的女检票员拦了下来。那位四十多岁的女检票员不屑地对我说："这么大了，还想逃票，小心我告诉你老师。"那一刻，我一句话也说不出来，只觉得脸上发烫，喉咙干涩。那一次上映的是台湾电影《妈妈再爱我一次》。六里街电影院已经连续演了快一个月了，据说场场爆满，哭声一片。而因为那个冷漠的女检票员，我历史性地错过了那一次集体哭泣。

那正是六里街电影院最红火的时候，售票窗口的小黑板上，每天都写着当晚上映影片的名字、时间和票价。那段时间，一晚上通常有两场电影上映，到了周末，白天也有电影放映。周末无所事事的下午，我从王厝走到电影院门口，站在玻璃橱窗前，缓慢移动着脚步，看各式各样的电影海报。

看完海报，我接着往前走，到了丁字路口，向右转，拐到街角那家百货公司。在那时的我看来，那简直就是应有尽有的购物天堂。所有的东西都摆放在玻璃柜台里。从一进门的玻璃柜台开始，贴着玻璃一件一件地观看里面的东西：花露水、雪花膏、镜子、梳子、扣子、钟表、鞋子、衣服。正如母亲所说，“你能在那找到任何东西”。坐在椅子上的发胖的女营业员抬眼瞟了我一眼，又继续闭目眼神，并不搭理我这种口袋里没钱的小孩。如此正合我意，我一点都不希望被他们打搅。我放慢自己的步子，消磨着属于我的午后时光。我满足于就这样静静地观看它们，我在那个圆形的小台钟前面站了许久：里面有一只蓝色小鸟栖落在一棵树上，它微微张开着尖尖的小嘴，似乎正发出清脆的鸣唱。

我不知在面前消磨了多少时光，才走出百货公司。门口有个卖酒酿的小摊位，酒酿雪白剔透，看一眼就知道必定甜腻。必定也是这甜腻招来了苍蝇，卖酒酿的老妇人时不时在眼前晃几下蒲扇，但仍有几只在旁边徘徊不肯善罢甘休。而老妇人已懒得再动，陷在那把破藤椅里，打起了小盹。慵懒的阳光照在街面上，每个店铺里的人都在偷空打盹，不然还能做什么呢?

后来，百货公司没了，被人改成了超市，再后来又改成了桌球厅。电影院放映电影的频率也越来越少。有一阵，干脆就闲置在那，无人理会。电影院再度引起人们的注意，已经不是因为电影，而是外地来的歌舞演出。

“来自东北著名歌舞团东方美人歌舞团，将为大家带来精彩的演出，歌美，舞美，人更美，保证让你大饱眼福，保证让你看完还想看……”喇叭里反复播放着一个女人嗲声嗲气招揽生意的声音。

这个声音一下让六里街躁动起来。王大树已经看过三场演出。“昨晚那跳舞的东北女人真不错，那奶子，那屁股，一双眼睛好像要把我吃了似的。”说完，王大树喜滋滋地哼了起来：“大姑娘美，大姑娘浪，大姑娘走进了轻纱帐……”

二十年前，六里街进行了“城改”。大片的木骑楼被拆掉，取而代之的是一些六层的水泥楼房，楼面贴着白色、粉色的瓷砖。但拆掉了一多半，却停住了，留着往东的后半段，没了音信。拆还是不拆，没有人知道。

一场大火在某一个夜里燃起。第二天，一位被抢救无效的老人死在医院里。几间骑楼尽管并未化为灰烬，也被烧得残破不堪，黑色的炭灰残留在岌岌可危的骑楼表面。大火过后，更多的人搬了出去。

二十年间，住在里面的人能搬走的都搬走了，只剩下个别无处可去的，留了下来。寥寥无几的店铺，虽然还开着门，也鲜有人光顾，几乎已被人遗忘。

在被如此搁置了二十年后，万春城政府最终决定放弃改造此片骑楼，它从“城改规划”里被一笔划去。在那份新的“城改规划”里，六里街之外的一片空旷土地上将建起新城。对于曾住在这片骑楼里的人来说，盼了二十年的拆迁费终于泡汤。在这场漫长的等待里，除了曾经升起的希望，他们什么也没得到。

灰黑的骑楼外贴着政府的危房告示：根据万春城建设局鉴定：此处木质楼房为危险房屋，存在重大安全隐患，为保障群众的生命安全，请居民主动搬离。

吴金枝

吴金枝称不上是什么“大美人”，只能算中等偏上的姿色，但是王厝、六里街的不少男人都拜倒在她的石榴裙下。一张小圆脸，梳齐耳短发，皮肤白，有点雀斑，嘴唇薄，眼睛不大，但是笑起来，眉眼之间有桃花，让人忍不住好奇这种“媚”到底是从何而来。即使生了两个孩子也不见发胖，腰细，臀圆。

吴金枝的名声不怎么好，即使是像我这样的小孩也知道，“她和一大堆男人睡觉”。背地里，王厝的女人们都骂她“婊子”。甚至像我这样的小孩，都已经知道要和她保持距离，以免学坏。但吴金枝的神秘却让我忍不住偷偷观察她，我真觉得她笑起来的样子挺好看。除了对自己的男人疯狗没好脸色外，对别人，她都是笑靥如花。我很难对这样的女人生出反感。而且她看上去干干净净，衣服干干净净，头发干干净净，手脚干干净净，甚至牙齿也干干净净，尽管王厝的人都说她脏。

我觉得自己还是看不懂吴金枝。；

有一次，我斗胆问我母亲：“吴金枝为什么要随便和男人睡觉呢？”

我母亲有些尴尬：“小孩子别乱说话！”

吴金枝住在内王厝的祖屋里，我和她的侄女是玩伴，所以我常自如地出现在她们家的各个房间。大人们的话对我产生了坏影响，每当我呆在吴金枝的睡房时，忍不住要多看几眼那张双人床。我试图在那张床上寻找那些肮脏传言中的证据，但那不过是一张普通的双人床，冬天铺着棉被，夏天铺着凉席。我为自己感到一丝羞愧。

吴金枝的男人是个瘦瘦小小的闷葫芦，大家都叫他“疯狗”，但他一点都不疯，相反的，是个窝窝囊囊的男人，好像被头上的绿帽子压得直不起腰来，低头走路，埋头干活。疯狗之所以叫“疯狗”，是因为他小时候被疯狗咬过一次，大家觉得他会被传染了狂犬症，像疯狗一样咬人。但疯狗并没有变成疯狗。疯掉的另有其人。

这个为吴金枝疯掉的男人名叫左撇，因为他是个左撇子。当时左撇和疯狗都在天马山上的一个林场干活，而吴金枝一家就住在林场附近。当时吴金枝十七八岁，像山上一朵初放的野花，左撇二十多岁，在一帮粗人中显得白白净净，像林间的清风。两人在几次眉眼交汇中，越靠越近。

与此同时，疯狗虽然不怎么说话，却也喜欢上了山上这朵野花，常常悄没声息地到吴金枝家，帮吴金枝的妈干活。吴金枝没有父亲，没有兄弟，只有一个姐姐，吴金枝的妈一直想找一个可以当儿子的女婿。吴金枝看上了白净的左撇，吴金枝的妈说："白净有什么用，中看不中用，只会招蜂引蝶"。但吴金枝的妈没有告诉她，当年，她那白白净净的父亲，就是被其他花蝴蝶勾引跑的。

第二年，疯狗娶了吴金枝，左撇疯了。

疯了之后，左撇更瘦了，原本干干净净的，现在却难得洗一回澡，不必靠得太近，就能闻到身上的臭味。脸上日渐狰狞起来，说不好什么时候就突然激怒起来，骂人，打人，踢人，咬人。左撇的妈只好把他常年锁在家里。

王厝有两个疯子，一个是左撇，另一个是美琴。在王厝，要是男的做了什么不可理解的出格事儿，人们就说他"像疯左撇那样疯"；要是女的做了什么不可理解的出格事儿，人们就说她"像疯美琴那样疯"。但其实，左撇的疯和美琴的疯并不一样，和左撇的消瘦、狰狞不同，美琴白胖、沉默。她总穿一身蓝衣服，编一根乱糟糟的粗辫子，但对旁人通常不带恶意，所以她的男人并不把她关在家里。她成天在外闲逛，大家对其视而不见，只有像我这样的小孩见了她才会害怕地跑开。我常见她坐在田里的小河沟边，把两条浮肿的白腿泡在水里，一下一下踢着水玩，嘴里还嘟嘟囔囔地说着话。

疯美琴疯掉是因为一头猪。在39岁那年，疯美琴对着天公许愿，自己过四十岁生辰时要给天公献上一个大猪头。眼看四十岁生辰快到了，疯美琴的男人却鬼使神差地把猪赶到屠宰场宰了。疯美琴一下崩溃，就此得了失心疯。她成日魂不守舍，在饭里加上几大勺盐，又倒上大半瓶酱油，喂给四岁的儿子吃。疯美琴的男人担心儿子会被疯美琴弄死，便把儿子送了人。疯美琴就彻底疯掉了。

有人说，疯美琴是真疯，左撇其实是装疯。没有人知道真假，但即使是装，左撇也装到了最后。这么多年来，左撇一直过着一个真疯子的日子，被关在屋里，像猪一样又脏又臭，时不时突然发作，吵闹，骂人，打人，扔东西。我无法将这样的疯子和吴金枝联系在一样。

吴金花脸上常挂着笑，说起话来像只欢快的喜鹊。没有人想得起来，她刚嫁过来时，是怎样日日地愁眉苦脸。也没有人知道，她曾经偷偷去看过左撇，在他疯了之后。在那个昏暗、散发着恶臭的房间里，她看到那个曾经像一阵清风的男子，已完全换了一个人，头发长长地立着，像地里的杂草，眼窝深陷，眼里像着了火一样，布满了红色的血丝。他靠近她，她闻到比房间还浓烈的骚臭味。她从他的眼里看得出，他并不认识她。她不由自主往后退了一步。他突然朝她啐了一口，她淬不及防，口水落在她的脸上。她流着泪逃了出去，她无比清楚地知道：林场里那个清风一样的男人已经死掉。之后，她一遍又一遍地告诉自己：不能疯掉。

从此，吴金枝像换了一个人。

吴金枝到底和多少男人睡过觉，没有人知道，大家都说“很多”、“一大堆”，都说“她随便和男人睡觉”。王厝的女人都讨厌吴金枝，尤其讨厌她笑起来的模样，她们在心里暗暗骂道：“骚”。但王厝的男人都喜欢吴金枝，尤其喜欢她笑起来的模样，他们在心里暗暗赞道：“骚”。只要吴金枝开口求人，男人们通常都无法拒绝她。吴金枝的这种本事，让王厝的女人恨得牙痒痒。

吴金枝越发眉眼生辉，光彩照人，她的丈夫便越发直不起腰。疯狗不仅在村里人面前抬不起头来，在老婆吴金枝面前也抬不起头来。和所有人一样，吴金枝也看不起疯狗，甚至当面数落他，“你这个男人有什么用？”。疯狗平日就种种地，打打短工，日子过得紧巴巴。吴金枝和疯狗有两个儿子。大儿子尖脑袋，歪脖子，小眼睛，走路有点长短脚，大家都说，“是疯狗的种”。二儿子圆脑袋，大眼睛，精神得多，大家都说，“不是疯狗的种”。有人说，他的亲爹是某个在六里街上开饭馆的男人。但就像所有的风言风语一样，其实都没有确定的答案。

没有一个男人瞧得起疯狗，又没有一个男人不暗地艳羡他。

“你说疯狗也不知是什么命，竟然天天能搂着吴金枝那样的女人睡觉。”“脏嘴巴”王大树说荤话时，从来都不避人，连小孩都不避。别人都说他的嘴巴比屁股还脏。

“那让你娶吴金枝你愿不愿意呢？”旁人打趣道。

“愿意啊，怎么不愿意，只要她愿意嫁给我，我立马就娶。”

“想得美，那还得看人家疯狗愿不愿意呢。”

后来，疯狗盖了新房。这时候，人们更是酸溜溜的要命：“亏得他娶了吴金枝这个女人，要不哪能盖得起房啊。”人人都听得出这话背后的意思，但事实上，吴金枝是个勤快又灵巧的女人，她有一双巧手，见她织过毛衣就知道。有一阵，外贸毛衣的生意好做，很多厂家就把活包给个体，这些个体再把活分包给更多的个体，当时王厝的很多女人都靠照图纸织毛衣挣钱。吴金枝的毛衣织得最快最好。吴金枝也和其他王厝的女人一样，卷起袖子，卷起裤腿到地里干活。但人们已经对此视而不见，他们照旧说：吴金枝这个婊子，卖的。

谁都认为吴金枝早晚会扔下疯狗，和某个男人跑掉。但这种事却始终没有发生。吴金枝和疯狗就像呆在龙卷风的中心，不管外面如何风言风语，他们却安然无恙。王厝人嘴里那些难听的话，并不会让吴金枝觉得难过或脸红，至少她从没有表现出难过或脸红。她似乎听不见别人说什么，照旧笑脸迎人，照旧欢快得似只喜鹊。自然，也照旧睡着别人的男人。

时间一长，也就没有人费口舌再去说吴金枝的坏话了，因为那已是一个人尽皆知的秘密。只是每个女人或多或少都在暗自怀疑自家的男人是否上过吴金枝的床。但她们表面上都不动声色，她们和吴金枝打招呼，站着聊上两句家常。男人们不管私底下怎样，表面上也不动声色，提放着被泼到脏水。当然，也并非人人都可以做到这样不动声色。有一次王大利的老婆就没能忍住，喝了几杯酒后，开始在门口嚷嚷："吴金枝，你给我出来，你这个臭婊子，你全身起烂疮。"王大利的老婆闹了半宿，但吴金枝一声都没搭理她，疯狗也一声都没搭理她。

吴金枝不和别人吵架，对谁都和颜悦色，除了和她婆婆。吴金枝的婆婆常常搬一把凳子坐在大门口晒太阳。吴金枝的婆婆长得有点怪，因为驼背，看上去像没有脖子，肩膀上直接顶着一颗大脑袋，前额突出，颧骨突出，眼睛总是睁得大大的，像一只猫头鹰。人们都说，吴金枝的婆婆是门卫，尤其疯狗不在家时，她总是坐在门口，守卫着，吓退那些不知检点的男人。吴金枝一点都不喜欢被监视，她和婆婆吵："都这么坐着还不饿死啦。" 吴金枝的婆婆却并不说话，沉默地低下了头，不知不觉打起了盹，醒来时，发现太阳已西沉。她慢慢站起来，吃力地挪动着步子，进了屋。第二日，她仍旧坐到那把凳子上，晒着太阳，打着盹，守着门。直到有一天，卧床不起。

几年前，疯子左撇死了。左撇的妈在此前已去世，临死之前，她恳求左撇的堂兄："给他口饭吃，别让他饿死。"。在此后的三年里，左撇的堂兄负责每日把饭菜端到他房中。一个夏日的午后，左撇躺在破木板床上睡觉，一条蛇悄无声息地爬了进来，在他腿上咬了一口。这种蛇叫竹叶青，通体晶莹翠绿，是万春城一带最可怕的毒蛇，仅仅一口，便要了左撇的命。

听到死讯的那天晚上，吴金枝一个人蒙着被子，在黑暗中抽泣起来，哭声越来越大，一度像在嚎叫，然后又低沉下来，回到长长的抽泣，慢慢变缓，变轻，最后终于回复了平静。吴金枝已经半辈子都没有哭过了。疯狗躺在隔壁的屋里，侧耳听了一夜。第二天起来，他看见吴金枝的眼睛肿成了两个红色的大包，但他什么也没问，什么也没说。是的，他要这个女人，从见到她的第一眼起，而且从不曾改变过。是的，他也恨这个女人，但即使恨，也没能减少一丝一毫的要。但关于这些，他从来没有对她说过。而且，这辈子，他也并不打算说。

吴金枝没有参加左撇的葬礼。眼睛消肿后，吴金枝便恢复了往日的神采，脸上又重现那令人浮想联翩的桃花一样的笑，说笑间依然像只快活的喜鹊。

我要娶美珍

憨水星不是傻，憨水星就是有点憨。人人都爱逗着憨水星玩 。憨水星是个四十多岁的孤儿，父母早亡，憨水星身体没问题，脑子也没问题，生活完全能自理。但不知为什么所有人都认为憨水星脑子有问题。憨水星不喜欢干活，喜欢别人和他逗乐。

憨水星在芦柑园干活，休息时，所有人都拿憨水星逗闷。

“我说水星，你怎么不娶个老婆啊。”

“水星，没老婆，你晚上怎么睡得着啊。”

“谁不想娶老婆啊，我做梦都想娶。没人嫁我啊。”脑袋比谁都大的憨水星咧着嘴乐。憨水星没有老婆，憨水星想找个老婆。

“你说说，你看上谁了，我帮你说去，准保能成。”

“也没看上谁，就瞎想想。”

“那我给你介绍一个啊。咦，你看六里街理发店那个美珍漂不漂亮？”

“漂亮，那还不漂亮啊，可我不认识她。” 王大树把憨水星逗得心痒痒了。

“这有什么难的，我带你去理个发，不就认识了吗？”

过了两天，号称阅人无数的王大树果真带着憨水星去光顾美珍的理发店。“美珍，我给你带来个客人，叫水星，给他来套洗剪吹。”王大树看上去像和美珍非常熟络。“来，来，我们先到那边洗下头。”美珍露出招牌式的笑容。憨水星咧着嘴笑，傻傻地盯着美珍，直到理完发了，憨水星一句话也没敢说。

美珍看上去三十来岁，烫一头波浪卷发，身材丰满，穿鲜艳的衣服，穿高跟鞋。美珍姓什么，没人知道，也没人问起，反正大家都叫她“美珍”。美珍结没结过婚不清楚，好像也没人提起。美珍一看，就和王厝的女人不一样，不只是比她们时髦而已，还有一双看透了男人的眼睛。美珍并不算漂亮，但有一种风情。这种风情，只有吴金枝有。但她俩还不一样，吴金枝不烫头发，也不穿高跟鞋。

从此以后，憨水星便把美珍挂嘴上。只要一不干活就往美发店跑。但也不能次次都理发，他就坐在那张空椅子上，看着美珍给客人洗头，剪发，吹干。美珍也不招待他，照旧干自己的活，往往只是说一句：“来了”，或问一句“吃了吗？”不干活时，憨水星能在美发店里坐大半天，甚至一整天。美珍开始还问句："你今天不用出工吗？"后来也就不再问了。

"水星，你什么时候和美珍说你要娶她呀？"

"水星，再不说，美珍就被别人娶走了。"

"水星，你这样是不行的，你干在那傻坐着有什么用，美珍的手摸过了吗？"

憨水星又是咧嘴一乐，摇了摇头。

"连手都不敢摸，还想娶她？听我的，下次去就摸她的手。"

憨水星还是咧着嘴乐。

美发店晚上也营业，一直到10点才关门。憨水星从芦柑园干完活后，先回家吃饭，然后洗个澡，特意抹上茉莉花香味的香皂。然后穿上白衬衫，带着香皂的香味，前往美珍的美发店。别看憨水星憨，却爱白衬衫，天天都穿一件白衬衫。

"水星，头发梳得这么整齐，是要做新郎官去啊。"

"水星，打扮得这么漂亮，美珍一定答应嫁给你。"

路上，总有人逗憨水星几句。只要逗上憨水星几句，王厝人就觉得舒坦一点。

憨水星想娶美珍做老婆，全王厝人都知道，但是美珍却假装不知道。憨水星来了，就来了，憨水星在美发店里坐上一整晚，美珍也不轰他，似乎一切都和自己无关。

所有人都怂恿憨水星去向美珍求婚，时间长了，仿佛所有人都觉得憨水星就得娶美珍。连我都忍不住问我母亲："美珍会嫁给憨水星吗？”

“怎么可能，谁会嫁给憨水星，更别说美珍了。”母亲的想法才是所有人真实的想法，但所有人见了憨水星依然会说：“水星，赶紧跟美珍求婚啊。”

憨水星到底有没有向美珍求过婚？大家都知道没有，因为憨水星见了美珍后，话都不敢说。即使后来在美发店里呆的时间长了，也只是帮美珍扫扫地上的头发，拖拖地而已。

但是离开美发店，憨水星就不一样了，他喜欢别人逗他：

“水星，和美珍牵手了没有？”

“水星，和美珍亲嘴了没有？”

“水星，和美珍睡觉了吗？”

当别人这么问他的时候，他总是笑得嘴巴都不想合上了。这个时候，大家反而有点摸不透憨水星了，好像是他耍了大家，而不是大家耍了他。

不过王厝的男人很快又想出新的花招来逗憨水星。王大树神神秘秘地对憨水星说：“水星，你脸上那颗痣怎么越发大了，我看你那颗痣有点问题，长的地方不怎么好，可能就是因为这颗痣，你才娶不上老婆的。”

旁边又有人帮腔：“水星，算命的都说痣长在鼻子上不好，不信你去算算命。”

“水星，我看你要想娶美珍，得先把这颗痣给点了。”

憨水星摸摸自己鼻子左翼上的那个绿豆大的黑痣，将信将疑，嘴上却说："你们又不是算命先生，你们知道什么。"

"你看人家王大利那颗痣就长在鼻子的右边，所以不妨碍娶老婆，你那颗痣长在左边就不行了，不点掉肯定娶不上老婆。"

憨水星又摸摸了鼻子上的那颗黑痣，这次不再说什么了。

不管别人怎么说，憨水星依旧雷打不动天天光顾美珍的美发店。如果没有什么意外，大家都觉得憨水星这辈子都会这样日日守候在美珍的美发店了。就在大家几乎已经对这事失去兴趣的时候，美珍却走了。

"水星，你对美珍做了什么，把人家都吓跑了？"

"水星，你是不是强迫美珍嫁给你了，要不人家干吗跑了？"

水星一开始会很冤枉得为自己辩解："我什么也没做啊。"

"那为什么美珍走了？"

"我不知道，她没跟我说。"

"你不是天天跟她在一起吗？你不知道？老实说，你是不是逼她和你睡觉了？"

"没有，我才没有呢。"

"那她为什么走了？"

"我不知道。"

"我说你鼻子上的痣有问题吧，你偏不信，这下到手的老婆都跑了。”

憨水星又摸了摸鼻子左翼那颗绿豆大的黑痣。

后来听说，美珍出国了，去了马来西亚打工。再后来，又有人说，美珍其实是去马来西亚做舞女了。到底谁说的，已经不清楚了，但这个传言已经在王厝传开了。

在那段时间，万春城开了好几家夜总会，夜总会里来了一批外地舞女。据说，大部分舞女都来自出产美女的四川。“那些舞女个个都漂亮，皮肤白白的，腰肢细细的，嘴巴涂得红红的。”大家听说美珍去南洋做舞女，一点都不觉得奇怪：“美珍这么漂亮，完全可以做个舞女。”

但也有人觉得奇怪，“美珍要做舞女，为什么不在万春城做？非得跑到南洋去做？”大家开始琢磨这个新问题。后来有人想出了答案：“你们傻啊，万春城的舞女都是哪来的，有没有本地的、谁在本地当舞女啊，那父母的脸还不给丢尽了。”大家都觉得说得很有道理。

又有人补充说：“再说在南洋做舞女肯定比在万春城做挣得多。”

所有人都觉得这个事情已经很清楚了，美珍必定是去做舞女了。只有憨水星不相信美珍会去做舞女。

王大树又逗憨水星：“水星，美珍跑去当舞女了，你还打算娶她吗？”

这次憨水星不仅没傻笑，还跟王大树翻脸了：“你胡说八道，谁说美珍跑去当舞女了，你看见了吗？以后不许你再胡说八道。”幸好有人拉住了憨水星，不然他真的可能冲上去揍王大树一顿。

过些日子，大家再见憨水星，发现他已经把鼻子上的那颗黑痣点掉了，确却地说是，点了但没点掉，留下了一块比原来那颗痣还大的棕色印记。

“呦，水星，你终于把那颗痣点了，这下你要转运了。肯定能娶上老婆了。”大家都很满意水星真的点掉了那颗痣。

美珍走了三年，憨水星仍然没讨到老婆。一日，王大树突然宣布，美珍回来了，而且在六里街上新开了一家美发店。“我去过那家美发店了，美珍现在自己当老板了，那店面比之前那家大多了，装修也气派多了。”王厝的男人又开始光顾美珍的美发店。

憨水星是在王大树宣布完消息的当天晚上光顾的。理发店就叫“美珍美发店”。一见美珍，憨水星又露出他憨憨的笑，说了声：“美珍，你回来了。”但美珍并不想寒暄，只回了一句：“嗯，你要理发？”憨水星赶紧点头。憨水星坐在椅子上，围着白色披巾，盯着镜子里的美珍看，觉得她还是那么好看，甚至比三年前还好看。美珍还是烫一头卷发，不过染成了栗色，还涂了桃红色的口红和指甲，穿黑色的紧身裤，搭配一双金色的高跟鞋，憨水星傻傻地看着，嘴角始终挂着憨憨的笑。遗憾的是，现在美珍已经不亲自给顾客洗头、理发了，除非店里的两个小妹忙不过来。即使是老顾客憨水星，美珍也没有破例。

王大树也光顾了美珍的新店，而且问了大家都想问的问题："美珍，看你这新店就知道你肯定发财了，这些年都干什么去了？"美珍淡淡地说："我还能干什么呢？还不是做老本行，给人理发，能发什么财呢？不过马来西亚那边好挣一点罢了。"王大树挂着他惯有的色眯眯的笑，说道："还是你们女人会挣钱。"

但在王厝的男人面前，王大树可不是这么说的。"什么做老本行，骗谁啊，谁不知道她是当舞女去了。给人理发能挣几个钱，不当舞女能开得起店吗？"所有人都点头称是，只有憨水星一人选择相信美珍的话。

憨水星像三年前一样，干完活，吃晚饭，洗个澡，穿上白衬衫，穿过王厝，走到六里街，走进美珍的理发店。等到歇业了灯熄了，才从店里出来，穿过六里街，穿过王厝，回家睡觉。

"憨水星，别磨磨唧唧地了，赶紧生米做成熟饭，把美珍娶了吧。"男人们又怂恿憨水星。

憨水星还是傻傻地笑。

"瞧你这出息，活该娶不上老婆。"

一听这话，憨水星却不服气起来，"谁说我娶不上老婆了，你们等着瞧。"

几天之后，大家发现，憨水星不去美珍的美发店了。“你们知道吗？憨水星被美珍轰出去了。他居然趁美珍不注意时从后面一把抱住了她，结果美珍就把他轰出去了。没想到这憨水星还会耍流氓。”

憨水星消失了个把月后，又出来溜达了。再见到憨水星，大家很兴奋，连孩子都兴奋起来，冲他喊道：“美珍，我想和你睡觉。”憨水星的脸涨得通红，然后生气地轰赶那帮猴子似乱串的小孩，“再胡说，就揍你。”小孩们哄地一下跑了，但下次再碰上，他们又会嬉皮笑脸地冲憨水星大喊：“美珍，我想和你睡觉。”憨水星照样回敬道：“再胡说，就揍你。”但次数多了之后，憨水星不再脸红了，也懒得还嘴了。那些孩子也觉得没劲了，散了。憨水星又恢复了平静。憨水星不敢再上“美珍美发店”了，只敢假装路过，偷偷地看几眼美珍。

一日干完活，憨水星又若无其事地假装路过“美珍美发店”，正往里看时，从店里走出来一个四十岁左右的男人，冲他喊道：“喂，你干吗呢？看什么看？”

憨水星愣住了，“没，没干吗。”

“再偷偷摸摸的，信不信我揍你，见你一次就揍你一次。”那男人的语气不像是开玩笑。憨水星腿有点发软，愣了一会才挪开步子。

没过两日，王大树带来一个消息：“美珍的男人来找她了。”

“原来，美珍有男人啊？”王厝的所有男人都觉得被美珍骗了。

“不止有男人，还有个10岁大的儿子呢。”

“这个女骗子。”

“听说憨水星被美珍的男人揍了一顿，也是活该，谁让他给人家戴绿帽子呢。”

葬　礼

那两株龙眼树还在。没有人知道它们活了多久，因为它们比所有活着的人都要老。它们立在内王厝和外王厝之间，枝繁叶茂，年年开花结果。曾在树下路过，坐过的人却陆陆续续死去。

那个时候，人们还喜欢搬把凳子，拿把蒲扇，在大龙眼树下说古早的事，尤其是那些老人们。他们的听众通常都是我这样的小孩。阿凤的奶奶是王厝最老、最慈祥的老奶奶。我觉得她有一百岁了。她总穿一身深色的布衫，从脖子处蜿蜒而下的盘扣像一朵朵小小的梅花。她盘头，除了洗头和睡觉，绝不把头发放下，当然，她已经几乎不洗头。她缠小脚，那双小小的黑布鞋上绣着黄色的花，看起来和我的鞋子差不多大。除了这双绣花的小鞋子，老奶奶的枕头也有点怪，是个黑色的，像棺材一样的硬枕头。老奶奶枕着那个怪枕头睡了一辈子。

老奶奶的腿脚已经不怎么灵便了，除了坐在龙眼树下，通常只在家里呆着。我经常跑到她的房里，老奶奶喜欢有人去找她，她总是缓缓地对我招两下手："来，来。"然后从枕头底下掏出点东西给我，可能是粒话梅，也可能是几片山楂，通常是一包橘子软糖。金黄色的橘子软糖一瓣挨着一瓣，像一个完整的圆橘子一样被包裹在一张透明的塑料纸里，粘在上面的糖粒晶莹剔透。老奶奶小心翼翼地打开塑料纸，拿了一瓣给我。我接过来，放进嘴里嚼起来，软软的，甜甜的。那滋味我永生难忘，它就藏在舌根之下，每当我心中的某些记忆被唤起，它就随之悄悄从舌根下蔓延开来，竟跟当初一样香软、蜜甜。

为着这橘子软糖，我经常去老奶奶屋里转悠，每次老奶奶都笑眯眯地从枕头底下掏出点东西给我。我父亲说："老奶奶是全王厝最慷慨的老人，我小的时候，老奶奶就喜欢给我们拿吃的，只要小孩进了她家门，就没有空手而归的。"

奇怪的是，如此慷慨的老奶奶养大的儿子王大进却非常吝啬古怪，而且讨厌小孩子。王大进是一个干瘦，有点驼背的小老头。王大进非常讨厌小孩子去找老奶奶，一看见我们就狠狠地瞪我们，但老奶奶枕头下好吃的零食帮助我们抵挡住了王大进的眼神，我们依旧天天往老奶奶的屋子里跑。后来，王大进干脆像赶鸭子一样轰赶我们："快走，快走，不许再来了。"我们一溜烟跑了，但第二天仍旧往老奶奶屋里跑。

老奶奶并不理会王大进，她照样从枕头底下掏出甜的、酸的零食分给我们。老奶奶还是全王厝最受欢迎的老奶奶。王大进却愈发讨厌我们，即使只是在路上看见我们了，也恶狠狠地瞪我们。即使后来，老奶奶去世了，我们再也没有任何理由去他家了，他还是恶狠狠地瞪我们。

王大进不怎么说话，一双眼睛老盯在地上。王厝人说，“王大进是边走路，边瞅着有没有钱捡”。王大进确实喜欢什么东西都捡回家去。有人扔个破桶什么的，他捡回家去；有人扔个用完的牙膏皮什么的，他捡回家去。什么破铜烂铁，他都要。但是要让他往外拿点什么东西，那就几乎不可能。王厝人都说，王大进肯定攒了一笔，因为他只进不出。王大进捡回家去的东西已经堆成一座小山了。我见过那座山，其实就是乱七八糟的一堆破烂，什么都有，绳子，破桶，破斗笠，牙膏皮，缺了角的锄头……。原来和大家一样，我也以为王大进捡了这些东西后，都卖给收破烂的了，但其实没有，全都藏在家里了。

王大进自认为是赤脚医生，但是却没见过有人找他看病。但王大进又似乎真的懂得医术，因为他给自己治病。他在路边草丛，在菜地里寻找草药，然后拔下一些带回家。他把草药放到一个石头的捣药罐里，然后用一根石头杵子捣来捣去。把草捣成泥后，他把它糊到自己腿上。王大进采的所有草药都糊到了自己身上，他是他自己的赤脚医生。

王大进对草药无师自通，他自小头上、腿上老生烂疮，看过不少医生，抹过、吃过不少药，但就是不见根治，像地里的杂草一样，长了拔，拔了长。烂疮一长出来，王大进就全身痒，痒得受不了了，就自己找草药，捣烂了往身上糊。他自己找各种草药回来试，找出效果最好的那种。王大进大字不识几个，医书没看过一本， 所有的用药均是自己尝试。但王大进所有的药都只用来外敷，从来不敢吃。

不知从什么时候起，常在地里找草药的王大进手上摘的不再仅仅是草药，而多了几颗菜，几个地瓜。久而久之，王大进几乎无法让自己空手进家门，手上总得捎带点什么。

王厝人发现了他这个毛病后，一看见王大进在自己菜地里，就赶紧过去问他："大进，你在这干吗？"

"没干吗，找草药。"王大进有点生气。

"哦。"但大家都不走开，而是看着他。王大进只好自己阴沉着脸走开。

到了春天，王大进的皮肤病必定像杂草一样滋长起来。每到这个时候，王大进的脸色更加让人嫌恶，他把裤腿卷得高高的，让白一块红一块的皮肤裸露在外。他更频繁地穿梭在杂草之间，寻找着灵丹妙药。捣药声"咚咚咚"一日日地响着，他更加大声地呼喝着他的老婆，聋子丽华。

尽管大家都叫他老婆聋子丽华，但实际上她只是耳背，对着她大声说话，她还是能听到的。王大进跟聋子丽华说话时，总是两只手一边比划来比划去，一边嚷嚷："你到底听清楚没有啊？"

聋子丽华走路有点象鸭子，说话轻轻的，还老带着笑，好像为自己的耳背感到抱歉似的。聋子丽华养了一大群鸡鸭鹅，她有时自己坐在院子里晒太阳，一边梳她那长长的头发，一边“咕咕咕”、“啰啰啰”地招呼着它们。她的世界与外面似乎隔着一层薄薄的膜，大家都觉得聋子丽华有点神经兮兮，我觉得她只是更习惯呆在自己的那个世界里而已。聋子丽华没有什么朋友，也不上谁家去串门，和王厝其他的女人走得都不近。

聋子丽华喜欢腌咸菜。她搬个大木盆放在院子里，在里面整齐地摆上一层芥菜，撒上盐，用脚来回踩，再撒上盐，接着踩，重复三四遍，然后又摆上一层芥菜，撒上盐，用脚踩，如此重复。这是第一道工序。第二道工序是晾晒，踩好后的芥菜腌上几天，然后一颗颗挂起来晾晒风干。晒上两天后，开始第三道工序，把芥菜卷起来，盘成一团，放进坛子里，都再撒上一层盐，最后盖上盖子，密封，等到几个月后，便可拿出来吃了。这是王厝家家必备的咸菜，叫“胶菜”。一缸子腌咸菜，能吃一个冬天。后来，大家都能吃得起更好的东西了，也就不怎么腌咸菜了，但是聋子丽华却依然保留着年年腌咸菜的习惯。

聋子丽华做的枕套非常特别，由一块块零碎布头缝制。五彩缤纷的零碎布头拼贴在一起，很是别致，让我总忍不住要用手去摸一摸，好奇地数一数上面共有几块布头。那个时候，只有聋子丽华还浆洗衣服。我没见过我母亲浆过衣服，也没见过梅婶浆过衣服，只见过聋子丽华浆衣服。她把衣服洗干净后，还要把它们浸泡到用淀粉调配的水里，然后取出衣服，弄平整，再晾晒起来。经过浆洗的衣服，非常挺括，不易起皱。“这样浆一下，衣服就好看了。”有一次，聋子丽华看我站一旁瞧她浆衣服，笑着跟我这么说。

聋子丽华生了一个儿子，两个女儿。儿子和女儿泾渭分明地继承了王大进和她的特点。女儿整洁、甜美、善意。儿子吝啬、鸡贼、阴郁，尤其是大儿子王海泉简直就是王大进的翻版。

王海泉在镇政府看大门，认识的都是有头有脸的人，大到什么镇长、镇委书记，小到什么计划生育工作人员。

“别看王海泉只是个看大门的，但人家看的可是镇政府的大门。”

“人家每天和镇长打招呼呢。”

王厝人大都忌王海泉三分。而为了保持这种威信，王海泉平时话里话外，常有意无意地透露着点自己和镇政府大楼里的人物的交情。没有人真正了解这个看门人和领导的交情如何，但也都不敢轻易得罪他。久而久之，王海泉在王厝便名正言顺地享有了某种特权。在他家后面，本来有一条窄窄的小路，连接着内王厝和外王厝。王大进和王海泉为了扩张自己的地盘，一点一点地挖路。有一天，王厝人突然发现，那条一直走着的路竟然被挖没了。他家前面的那条路，也一点点被蚕食。王海泉拿把锄头在路边上这铲铲，那铲铲，再栽上几棵树。慢慢地，大家发现，路越来越窄，王海泉的院子却越来越大。王海泉就像一条到处撒尿确立地盘的狗，王厝人看在眼里，却没有人出声抗议。大家都说，王海泉真是王大进的种。

一到春天，不必太靠近王大进，就能闻到他身上烂疮化脓的气味，整个王厝的人都躲他躲得远远的。但王大进不去看医生，坚持自行上药。直到死，王大进的皮肤病也没痊愈。随着王大进越来越老，他的皮肤病似乎越来越严重，而他的脸色也越来越让人嫌恶，除了越来越粗鲁地呼喝聋子丽华外，他也开始呼喝起女儿阿凤。也只有阿凤能让他指使了，因为他的儿子王海泉根本就不搭理他，任凭他嗷嗷喊叫也不搭腔，王海泉的老婆更是绝不姑息老公公的任性。只有没出嫁的阿凤和聋子丽华受着他的气。但聋子丽华和阿凤自有办法对他们家的男人袖手旁观。聋子丽华呆在自己的构筑的世界里，那里有鸡鸭鹅，有漂亮的碎布头缝制的枕套。常年备战高考的阿凤则呆在用课本和试卷构筑的世界里，幻想着王厝之外的大千世界。她们用自己的办法抵御着他们家男人的野蛮侵袭，她们坚定地呆在自己的城堡里，独善其身。这让王大进更加愤怒，他越发怒气冲冲地喝斥着老婆和女儿："一个一个都死到哪里去了……"

但王大进却从来不对老奶奶发脾气，他是老奶奶的乖儿子，每天都到老奶奶屋里去请安："阿母，昨晚睡得怎样？"只要一见了老奶奶，王大进便像换了一个人似的。老奶奶有一种让所有人都安静下来的能力，这种能力与年龄有关，又与年龄无关。

老奶奶在一个初冬的晚上睡下，第二天却没有醒来，她在睡梦中离开了这个世界。我母亲说，只有有福德的人，才能走得这么安详。老奶奶的去世，让我感到难过，不仅仅是因为以后没有橘子软糖吃了，还因为老奶奶是个好人。

老奶奶的葬礼，是至今我见过的最奇特的葬礼。王大进虽然抠门，却请来了“师公”王大礼，给老奶奶办了一个不简单的葬礼。师公就是道士，但师公不住在庙里，一样讨老婆生孩子，过日子，平时和常人并无两样，只是有“做功德”的活儿来了，才戴上一个高高的黑色的帽子，披上金黄色的袍子，做“师公”。“做功德”，就是念经，至于他们口中念的是什么，就没人关心了。王大礼是王厝的师公，小时候受过戒，但是有老婆孩子。师公一般在两个场合出现，葬礼和佛事典礼上。王厝的葬礼和佛事典礼都请王大礼。有一回，王大礼被请去另一个镇子做功德，他的徒弟恰好病了去不了，我阿叔就被拉去充数。戴上帽子，披上袈裟，阿叔也成了“师公”，反正那里也没人认识他。“我哪会念经啊，我就把桌上的供品来来回回一遍一遍地念，反正也没人听明白。”阿叔也就做了这么一回“师公”，他说，“这活也不好干，念得我都头晕了”。

那是一个阴冷的傍晚，王厝的男女老少都被召集了起来，围成一圈，每人拿一根木棍，用力地敲打脚下的大地。师公王大礼站在人群中间，快速地念诵经文。据说，这样就能把所有尾随老奶奶的恶狗都赶走，以免它们在阴间骚扰老奶奶。

“为什么怕恶狗去骚扰老奶奶呢？”我问我母亲。

“因为老奶奶活着的时候吃狗肉。”我母亲回答得很简单。

在万春城有一种说法，在阳间吃了狗肉，死去后就会遭到恶狗的追击撕咬。而这个打狗仪式就是为了把恶狗赶跑，以确保死去的人在阴间能获得安宁。

我手中的木棍一下一下急促地敲打在灰冷的大地，我的心脏跳得厉害，害怕脚下的大地会突然裂开，在深不见底的深处，那个可怕的阴间豁然出现，与此同时一大群疯狗从地下深处奔跑而上，嘶吼着冲出地面，扑向我们。在恐惧和兴奋的双重驱动下，我使出浑身的力气敲打着灰冷坚硬的地面，直到王大礼大喊一声：停。

他高声对所有人宣布：“所有的恶狗都被打跑了，老奶奶可以顺利地进入阴间了。”

我很高兴为老奶奶做了一件好事。

福旺兄弟

小时候，我爱在内王厝外王厝的祖屋里四处瞎转，听老人讲古，讲鬼神，那个时候祖屋里还住了不少人，很是热闹，尤其在夏天，祖屋凉快，老人们常常搬把凳子，摇把蒲扇，坐在有穿堂风的过道里闲坐讲古。要是遇上谁家找了神婆来跳大神那就有好戏看了。

神婆盘腿坐在椅子上，全身上下象发病一样不停抖动，口中念念有词，然后含一口雄黄酒喷在一张黄色的符上，身体一抖，突然变了个样，变了个声音说话："你死去的父亲来了。有什么话要说的，有什么要问的，就快说快问吧。"找神婆的人，通常是想寻求死去的亲人的庇佑和指点。

看神婆表演，我又害怕又激动，回家说给我母亲听，我母亲只说："小孩子不要看这个，下回自己走开就好。"但小孩子总是爱凑热闹，下次再遇上这事，我还是又害怕又好奇地围着看。

在祖厝瞎逛荡的日子里，我和王大钱的老婆梅婶呆在一起的时间最多。梅婶住祖厝的东厢房，她常拿点蚕豆、山楂片什么的给我吃。梅婶有两个儿子。梅婶说她没有女儿，所以尤其喜欢我。梅婶小个子，小脸，常年梳一头齐耳的短发，爱穿碎花的上衣，说话轻柔，还挂着笑。而王大钱高大壮实，不苟言笑，嗓音低哑，一天也说不上两句话。不知道媒婆怎么会把他们撮合在一起呢，而且还居然撮合成功了。

王大钱并不经常在家，总是出门。在梅婶还没嫁给王大钱之前，王大钱就经常挑些干货，如木耳、香菇，地瓜干、笋干等，到隔壁的德县去卖。他挑上两大藤筐的东西出发，不坐车，全靠脚力。从六里街走到德县近50公里，王大钱挑着担子，在夜里上路。一路上，除了解手，尽量少休息，只是一味地走着，走着。偶尔有人同行，更多是孤身一人。即使有人同行，为了节省体力也几乎不说话。德县和万春城都属山区，那时交通不便，山路崎岖，所以才有像王大钱这样的挑夫。

不出意外，王大钱通常能在第二天上午九、十点左右到达。把东西都卖出去后，王大钱去吃顿饭，找个地方歇会儿，然后再挑些那边的货物回家，回来走的还是夜路，除了解手，尽量少休息，第二天清早回到王厝。那些年，象这样挑货到德县去卖的，王厝有几个，王大刚也走过。那时王大刚才十几岁，跟着王大钱走过几次后，他的母亲心疼便不让他去了。后来，其他人慢慢也都嫌累，纷纷另觅生计。只有王大钱坚持下来了，而且坚持了一辈子，一辈子都在从六里街到德县的路上穿行，奔波。如果算一算走过的次数，估计王大钱自己也会大吃一惊。

“大钱，就算蒙上你的眼睛，你也能走到德县吧。”

有人这么调侃王大钱，王大钱只是“嘿”地应一声，与此同时脸上居然罕见地露出了一丝笑容。这个时候，大家才发现，王大钱并不是不会笑。

即使后来，从万春城到德县的公路修好，长途班车日日往来，王大钱仍固执地选择了走路，直到四十五岁时，真的走累了，才挑着两大筐的货坐班车去德县。王大钱这一辈子都在干这同一件事，也从来没想过要干别的。

王大钱的母亲，梅婶的婆婆鲜少出门，她高且瘦，永远穿一身蓝布衣裤，上衣是从腋下走扣瓣的老款式。她的头发总是凌乱着，几乎常年不洗头也不洗澡，站在她旁边便能闻到一股臭味。而且她讨厌小孩，讨厌所有人，除了她的儿子王大钱和大孙子阿旺。老太太爱骂人，而且竟捡难听的骂，一开始梅婶很气愤，也回嘴，但后来，她宁愿假装没听见。实在受不了婆婆的谩骂，她就出去，在王厝逛一逛，到李美玉家里坐一会儿，聊会儿天。

老太太的丈夫已经去世多年，只有王大钱一个儿子，两人相依为命。她总是站在祖屋门口眺望，等王大钱从德县回来。天冷时，她在身上裹一条深灰色的毛毯，在寒风中像一棵摇曳的枯树。

王大钱母亲死的那天，我碰巧在祖屋闲逛。一些人在她住的屋里进进出出，后来有人出来说，“不行了，过去了”。在她死后几年，她宠爱的宝贝大孙子阿旺，在她住过的那间屋子里养殖蚯蚓。

梅婶喜欢看戏，我小时老跟着她去看戏。四、五月王厝有佛事活动，很热闹，请愿还愿的人花钱请戏班子唱戏给帝爷公听，几乎天天都有戏看。帝爷公、清水公平常在万春城的各个寺庙里供着，到了每年的四五月，人们把庙里的佛像请出来，到各个地方的祖厝里供奉，每个地方轮流个把月。人们敲锣打鼓，用轿子抬着佛像游街。这轿子并不是人人都能抬的，因为这轿子并不求稳，抬轿的人像跳舞一样，有节奏地摇晃着轿子，轿子摇晃得很厉害，佛像却稳稳地坐着，摇得越厉害，越吉利。游街的队伍很长，八台大轿后面跟着舞狮舞龙的队伍。

把各路神仙请来后，人们摆上各种供品，请来戏班子搭台唱戏，开始为期一个多月的佛事庆典。戏台子就搭在晒稻场，戏班子通常都请的仙班团。仙班是万春城的一个偏远小镇，仙班镇有个仙班村，那里有万春城最好的戏班子，村里大部分人都以戏为生，要么从小学戏，在戏台上演个角，要么吹唢呐，拉二弦、三弦，要么做戏服和道具。仙班的戏班子在万春城和附近的几个县市流串演出。

演出都在晚上，我总是早早去找梅婶，等着她做完家务，然后带上我去看戏。梅婶是个戏迷，几乎场场必去。在梅婶家，我很少碰见王大钱，他总是奔波在去往德县的路上。我隐隐觉得梅婶是冷清的，但也并不见她悲伤，大概她已经习惯了。

晒稻场上早早就来了不少人，看戏人都自带一张小凳子落座，还有一把蒲扇赶蚊子。戏台上挂着红色，粉色、黄色、绿色的幕布，横挂在前面的，是戏班的名字："仙班秀春高甲戏团"。

"来了，今晚演什么？"梅婶和人打招呼。

"听说是陈三五娘。"《陈三五娘》是最常演的一出戏，梅婶和我已看过很多遍了。梅婶和我坐下来，等着戏开场。

戏台上演什么，我搞不太清楚，也听不太明白，但我喜欢里面的旦角和小生。尤其是旦角，粉色的胭脂，鲜红娇俏的嘴唇，长长弯弯的眉毛，顾盼流离的眼睛，还有闪闪发亮的凤冠，色彩艳丽的戏服，煞是好看。在戏里，旦角通常是一位大家小姐，小姐踩着小碎步，摇曳多姿地走来，头一低，一转，处处生媚。小姐爱上公子，公子也爱上小姐，但好事多磨，他们一波三折，历尽相思、误解，苦尽甘来，终成眷属，所有戏台上的故事几乎都是如此。我并不喜欢他们捏着嗓子咿咿呀呀地唱，刻意拖长的唱腔折磨着我的耳朵，所以我总在这咿咿呀呀的唱腔里，迷迷糊糊地睡着。但我喜欢看他们的样子。有时我跑去后台，偷看他们下了舞台的样子，可是让人失落的是，到了后台，看见的不过是一群化着浓妆穿着戏服，说说笑笑的男女，完全不是戏台上的才子佳人。

梅婶说，“这么喜欢看戏，长大也去演戏吧”。我从未向她坦白，其实我并没有那么喜欢看戏，我也从未向她提过，有时当我从迷蒙的睡眠中醒来时看见她偷偷抹眼泪。这样晚春初夏的夜晚，梅婶总是坚持看到最后一场戏结束，散场，才依依不舍地从凳子上站起来，在朦胧的夜色中走回去。

阿旺像他父亲王大钱一样高，但瘦，脸色和身上的那件白衬衫一样苍白，王厝人称呼他为“高材生”，他知道他们是在调侃他，但他并不反感这个称呼，只是腼腆地笑笑。阿旺高中毕业，没考上大学，他瞧不起老实巴交的父亲一辈子只会挑东西到德县卖，辛辛苦苦挣几个小钱。从十来岁起，他就觉得父亲完全是“死脑筋”，他提醒自己要做和父亲不一样的人，要走一条不一样的路。

高中毕业的阿旺拒绝像自己的父亲，像王厝其他男人那样出卖体力，他想靠知识，用一种更巧妙的办法来获取财富。他买了一些教人如何致富的书认真钻研。在读了几本关于如何种植水果的书后，阿旺开始在自留地上种植香蕉。为了储存香蕉，他在祖厝，他阿嬷曾经住过的屋子里，深挖地窖，那是一间昏暗阴冷的屋子，没有任何窗户，那个地洞，看上去像屋子张开的大嘴。但阿旺并不怎么满意种植香蕉所带来的收获，在他预想中，应该有一种更创新的、更出其不意的致富方法。

第二年春天，阿旺当真找到了一条创新之路。他从一张过期的报纸发现这个不寻常的方法。当第一眼看到这条消息时，他立马觉得这就是他想要的。

“你说养什么？” 当阿旺把这个主意告诉王大钱时，王大钱以为自己听错了。

“养蚯蚓。”父亲的大惊小怪让阿旺觉得被冒犯了。

“养蚯蚓？养蚯蚓做什么？蚯蚓自己在土里就能活，我从来没听说过有人养蚯蚓。”王大钱心想，这孩子是读书读傻了，还是受了什么刺激。

“你不懂，报纸上、电视上都说了，人家日本人就爱吃蚯蚓，可以把蚯蚓卖给他们。价格挺高。报纸、电视还能骗人吗？”阿旺心想，要说服死脑筋的父亲，可真是费劲。

“我活了四十多岁，从来没听说过有人吃蚯蚓的。”

“你不知道，人家日本人就吃。你借我三千块，等我挣了钱就还你。”阿旺觉得跟父亲解释再多也没用，只想挣了钱证明自己。

“我不想把钱扔了。”在钱上，王大钱一向谨慎，走在德县的路上，他从不敢多带钱，只带了够吃两顿饭的钱，而且总是把钱小心翼翼地藏在内裤的兜里，那是他的母亲特意为他缝上的。除去日常必要的开支，他总是把钱一笔一笔地存着。一想到儿子要把辛辛苦苦一毛、一分挣出来的钱就这么糟蹋了，他突然觉得脑袋里一阵嗡嗡响。

“如果不把钱借给我，那我就什么都不干了，到时候你别嫌我在家吃闲饭。”阿旺并不打算放弃。

从那天起，不管白天黑夜，阿旺总是躺在床上睡觉，有时候连饭都不吃。阿旺这样躺了一个多月后，王大钱拿出了那笔钱。

“如果这次干不成，你就和我到德县去卖东西。”王大钱只想让阿旺丢掉那些不切实际的幻想。

“行。”阿旺一下从床上坐了起来，他百分之百地肯定自己永远不可能像父亲那样做个挑夫。

阿旺在他死去的阿嬷睡过的那间屋子里开始了蚯蚓养殖计划。他先把之前挖的洞填上，然后按书上教的方法，在地上堆了厚厚的参杂了粪便和草的泥土，买了蚯蚓苗投放在土里。有一次，我在祖厝玩，偷偷拉开房间门，一股夹杂着粪便的、腐烂的臭味扑鼻而来，一团一团的蚯蚓在地上缠绕着，蠕动着。我猛地一下关上门，差一点就把早饭吐了出来。

阿旺养蚯蚓的事，在王厝传开。

“没听说过，还有人养蚯蚓的，真是个书呆子。”人们纷纷跑到那间屋子去看稀奇。阿旺向来看热闹的人解释如何饲养蚯蚓，向他们解释，电视上、报纸上都说在日本，人们热衷以蚯蚓为食物。人们听着，狐疑地看着阿旺，然后点头，但心里想的都和王大钱一样：这个阿旺果然是读书读傻了。但阿旺并不在意这些人充满怀疑或嘲弄的眼神，或许他根本就没注意到他们的眼神，他只专注于自己的养殖计划。

几个月后的一天早晨，阿旺照例推开那间屋子的门，去视察他的蚯蚓。当光线透过门缝照亮了屋子时，阿旺突然觉得蚯蚓好像变少了。阿旺拿了铲子，把屋子里的土都翻了一遍，发现这不是错觉，真的有大半的蚯蚓已经不知所踪。阿旺不知道这一切是怎么发生的，不知道它们去了哪里，那么多的蚯蚓是如何在他的眼皮底下消失的？此后一整天，他都呆在那个屋子里，注视着它们，试图要找出它们的藏匿之处或潜逃的路线。它们是在无人看管的夜里从门缝里溜走的？或者钻到更深的地里了，或者被老鼠吃掉了，可是老鼠吃蚯蚓吗？阿旺一点都不清楚。

阿旺在那屋里呆了一天一夜，除了夜里睏极了打了几个盹之外，他的双眼一直盯着那些蠕动的蚯蚓。但阿旺并没有发现什么异常，第二天天亮时，他第一次对自己的养殖计划产生了些许怀疑。更糟的是，阿旺想不出办法阻止蚯蚓们继续暗度陈仓，即使他花更多的时间呆在那屋子里，监视着它们，即使他把墙角可能存在隐患的漏洞都用水泥堵上，也没能阻止剩下的蚯蚓逃之夭夭。

终于有一天，当阿旺再打开那间房门时，一屋子的蚯蚓所剩无几，只留下一堆肮脏的潮湿的粪土，散发着让人作呕的臭味。王大钱眼见着老老实实、辛辛苦苦挣来的钱一夜之间就没了，连个响都没听着，胸口一阵发紧，发疼，但只是用他那嘶哑的嗓音说了一句：“过两天和我一起去德县。”阿旺无话可说。

阿旺跟着王大钱挑着货物走了三趟后，他拒绝再去德县。他说对王大钱说：“我不能像你那样辛苦地过一辈子。”王大钱无言以对，他心里知道，阿旺无论如何也不可能像他那样坚持下来，事实上有时候，他都不知道自己是怎么坚持下来的——那条长长的夜路，那些鬼鬼祟祟的暗影，那些诡异的来自黑夜的声音。

阿旺在家里一呆，已有三年，他所等待的机会并没有如期降临，却眼看着到了该讨老婆的年纪。王大钱和梅婶决定先把阿旺的婚事办了。虽然阿旺自己的条件在媒婆看来并不算好，但阿旺在这件事上同样不打算凑和，他说，他不想随随便便结婚，要结婚，就必须找到自己满意的女人。阿旺已经见过几位姑娘，但仍没有找到满意的那位。

“你告诉我，你要什么样的，我照着你说的给你找去。”对这位难伺候的年轻人，媒婆已经有些不耐烦了。

“这怎么说呢，我也说不好，但我要遇上了，我就知道了。”阿旺有点羞涩地说。

媒婆虽然背后埋怨阿旺不懂行情，但还是耐着性子把一个又一个不同类型的姑娘介绍给阿旺。

后来阿旺还真看上了一个。这姑娘年纪和阿旺相仿，也高中毕业，梳一长马尾辫，身材苗条，眼睛明亮，下巴略尖，和阿旺一样也爱穿白衬衫。王大钱和梅婶很快给阿旺办了婚事。

婚后阿旺跟变了个人似的，主动找上王大刚，要求上芦柑园干活。

“现在不一样了，得养活老婆了。”阿旺有点不好意思地说道。

王大刚心想，果真是一物降一物。阿旺彻底断了科学创新致富的念想，把日子过得比谁都踏实，踏踏实实吃饭睡觉，踏踏实实干活，踏踏实实生儿育女。

要有人提起他以前养蚯蚓的事，他自己就笑笑说：“那时候还年轻，瞎折腾。”

“那到底日本人吃不吃蚯蚓呢？”仍然有好奇的人纠结于这个问题。

“这个……我也说不好，说不好。”阿旺有点尴尬。

王大钱和梅婶都松了一口气，尤其是王大钱，看到大儿子终于回到正道上，几乎喜极而泣。由于某个他不想去触碰的原因，他在心里把大儿子阿旺和二儿子阿福界线鲜明地区分开。但由于那个时不时会突然占据胸口，让他隐隐作痛的无法告人的秘密，从来没有实在、确凿的证据，他的内心始终有些挣扎和顾虑。

阿福初中只上了一年就不去了，对阿旺养蚯蚓搞科学致富那套，嗤之以鼻：“阿旺就是个书呆子”。而在阿旺眼里，阿福就是个大滑头，像泥鳅一样滑。阿福圆脑袋，圆脸，小眼睛，嘴角总挂着玩世不恭的笑。有时候，教比他小的孩子念这样的儿歌：一张床，两人睡，三更半夜，四脚朝天……一边念着，嘴角一边露出那个玩世不恭的笑，那些不明所以的孩子也跟着阿福傻傻地笑。

“我又不是读书的料，就别去浪费时间啦，学费也省了。”初一第二个学期开始时，阿福告诉王大钱和梅婶，自己不打算继续去上学了。王大钱并不在意，对于这个他有意远离的孩子，他不想干涉什么。而他的老婆梅婶正相反，尽管两个孩子都是她亲生的，但她就是偏爱阿福，因为他总是嘴巴甜，一副机灵样儿，而且和自己更亲，当然还因为那个无法说出的秘密。和王大钱不同，梅婶对阿福辍学这事听之任之，却是因为溺爱和放纵。

没过太长时间，阿福便和六里街上的混混们混一块去了，但也没闯下什么大祸，无非是吃喝玩乐，打架赌博。在六里街呼风唤雨的是白秋生，阿福只能算是一个小混混。

一日，阿福匆匆跑回家，焦急地向王大钱和梅婶讨要路费，说自己必须马上离开王厝。

“怎么回事？你要去哪？”梅婶快急出眼泪。

“再不跑就被人砍死了。那人是个神经病，非说是我搞了他的女人，是他的女人自己看上我的好不好。那神经病疯了，说要砍死我。你们先给我点路费，让我跑路。”

梅婶最了解二儿子，知道他其实胆小，不过爱吹牛皮而已，如此慌张，肯定是吓破了胆。她断然对王大钱说道：“你要不想看着他被别人砍死，就赶紧把钱给他。”王大钱老老实实一辈子，从来没有惹过事，一点主意都没有，听梅婶这么一说，便拿钱给了阿福。

“去和你大刚叔说一声，看他能不能帮你。”梅婶带着阿福去找了王大刚。因为那个不能说的秘密，王大刚对阿福的关照看上去不动声色，就像是一个堂叔。但他心理清楚，这种关照的真正原因，对此，梅婶清楚，王大钱清楚，梅婶死去的婆婆也清楚，这就是她那么难听地谩骂儿媳妇的原因。后来阿福也清楚了，最后李美玉也清楚了。李美玉算了算，这事发生在她嫁给王大刚之前，但这并不能让李美玉释怀，她觉得自己像傻瓜一样被蒙在鼓里，而且有一度，她和梅婶还走得挺近，现在她终于知道，梅婶常来串门并不是因为想和自己做朋友。一想到这，李美玉就觉得一阵反胃，喉间泛酸想吐。但所有人都照旧心照不宣，保守着那个秘密。

阿福跑了三年。一日清晨，竟出现在王大刚家门，身边还带着一个年轻女人。“大刚叔，我回来了，这是我老婆。”阿福笑嘻嘻地介绍旁边的女人。这女人脸圆，肤白，丰满，对王大刚笑了笑。

“她是漳城人，不会说本地话。”阿福一边说一边去搂女孩的肩。看得出来，两人正热乎着。

“你把人家带这来，人家父母知道吗？”王大刚不放心地问了一句。

“我还不愿带她呢，是她哭着喊着要跟着我的。”阿福转头对那女人坏坏地笑，女人不知听懂了还是没听懂，也咧着嘴笑了起来。一个月前，王大刚通知阿福说，那个声称要砍了他的人因为斗殴被关了进去，阿福这才敢回万春城来。

阿福带回的女人还真留下来嫁了他，过了大半年学会了说些本地话，又过两三年就说得和王厝人基本差不多了。但这女人并没有留在王厝太久，在大女儿六岁，小儿子两岁时，便和阿福离婚，离开了万春城。离婚后的阿福，脸上并未显露出任何悲伤，还是常常挂着那个玩世不恭的笑：“女人有的是，只要我说要再娶一个，能围上来一堆，但结婚多麻烦呀，我可没那么傻。”梅婶倒是乐于帮他看管两个小孩。

在阿旺和阿福都成家后，王大钱和梅婶却正式分了家。王大钱跟着阿旺一家过，梅婶跟着阿福一家过，但始终没有离婚，好像离婚不过是一道不能再多余的手续了，如果去办了，反而看上去不正常了。实质上，生活并没有起多大变化，王大钱依然挑着香菇、水果、干果等货物在万春城和德县的夜色中独自走着。等年纪大些，走不动了，他便去坐长途汽车。后来，当发现自己和儿子媳妇实在相处不来时，王大钱干脆在德县租了一间小屋，有时候半个月、一个月才回万春城一趟。所以当派出所的电话打到阿旺这时，阿旺一点心理准备都没有。

派出所的人在电话里问道：“你爸王大钱是不是老去德

县？”

“是的，怎么了？”阿旺一点都没听出对方是何用意。

“最近他在家吗？”

“不在，去德县差不多快半个月了。他有时候在那边呆个把月才回来。”

“你和他电话联系过吗？”

“没有，我们一般不打电话，他说走就走，说回来就回来，一般也不事先通知我，出什么事了吗？”直到这时，阿旺心里才升起一丝不安。

“现在还不确定，但我们接到德县的一个电话，可能是你爸出事了。”

德县的电话是从火葬场打来的。火葬场的人想让六里街派出所帮忙确认一具尸体，那具无名尸体已经在火葬场的冰柜里存放了近半个月，一直无法确认他的身份，直到有个从六里街来的人，提到可能见过他。

梅婶、阿旺和阿福当天便坐车去了德县。零下4.5度的冰柜的门被打开，一股阴冷的凉气随之扩散开来，那具冰冷、苍白的尸体被拉了出来，突兀地呈现在眼前。母子三人愣了好一会儿才认出自己的丈夫和父亲。这个男人是陌生的，这种陌生并不仅仅存在于永远闭上眼睛，一动不动、僵硬地躺在冰柜里的这一刻，而是从始至终，从头到尾，从外到里，存在着。存在于夫妻之间，存在于父子之间，存在于那个所谓的家中。这个男人，这么多年来，一直像一个影子一样存在着，既不真实，又非虚幻，他似乎在那，但他又不在那，或许只有在那条从六里街到德县的路上，他才是真实的。这个陌生的男人、陌生的丈夫、陌生的父亲，死在了一个陌生的地方。如果不是碰巧有人认出了他，他的突然失踪、离开和消失，将像一团黑影一样萦绕在家人的心中。现在，这个影子终于消失了。

大约半个月前的一个午后，王大钱晕倒在德县的大街上。救护车来了，把他送进了医院，但他没有活下来。没有人认识他，他的身上有个钱包，钱包里有一百四十八块两毛钱，但没有身份证。医院里的人没有找到他的手机，他们不相信这个时代还有人不用手机，他们觉得可能被人拿走了，或者弄丢了，总之他们找不到任何有用的线索去辨认这位晕倒在大街上的陌生死者。在医院的太平间躺了两天之后，这具没有身份、无人认领的尸体被送到了火葬场，躺进了其中的一个冰柜里，这个冰柜始终保持在零下4.5度低温。

相对于悲伤，震惊更多地占据了梅婶、阿旺和阿福的内心。他们从未预料过，会有这样的局面。尽管也没有什么非说不可的话需要说，也没有什么非交代不可的事需要交代，但他们对这样意外、尴尬的死亡，还是觉得不太妥当。

“确定是你们家人吧，看仔细了，没问题吧？”火葬场的人再次要求确认。

“嗯，是他。”

“好，那我们去那边签字办手续。”终于找到这具无名尸体的亲属，火葬场的人松了一口气，如果无人认领，火葬场不知还要无偿地存放尸体多久，那可是一笔额外的开销，现在这笔账可以结清了。

妙手回春

王大明坐在那把老太师椅上，上半身像只鼓胀的皮球。圆圆的脑袋，鼓大的肚子，两条腿却异乎寻常地衰弱，尤其是那条残腿，每一天都比前一天更加萎缩，差不多只剩下一把孤零零的骨头。不管多热，王大明常年都穿着长裤，不让那条残腿暴露于人前，但你只要随便瞥上一眼便能看出那条裤腿里空荡荡，无所依托。王大明一辈子都在竭尽全力无视那藏匿于裤腿里的残缺。即便如此，他心里无比清楚地知道，它始终在那里，无可救药。

那把太师椅，放在诊所最显眼的地方，泛着一层隐隐的乌光，像国王的宝座。王大明已在这把椅子上坐了三十来年，每日习惯性地用双手摩挲着两边的扶手。经过日日摩挲，扶手光滑油亮，几乎能照出影子来。王大明从来没有告诉任何人，只有坐在这把椅子上，他才能挺起胸膛，像个正常人。他能活下来，本就是个奇迹。曾经，他不止一次闪过这样的念头：如果当初在那场该死的病中死去，或许倒是种解脱。他知道，他的父母也曾经有过这样的念头。他并不责怪他们，他知道，他们对此也无能为力。王大明家兄弟五个，个个都高大健硕，像他们的父亲，只有他一个瘸了腿，那是四岁那年得了小儿麻痹后留下的后遗症。

王大明对中医的狂热，起始于那条无法医治的残腿。从十来岁起，王大明便把所有的时间都花在医书上，花在种类繁多的草药上，像溺水的人抓住了一根竹竿子后，死死拽着，拼劲全力，挣扎着要浮出水面。

王大明平时不怎么说话，但是一见有人进门就立马露出他标准式的笑容："来，来，坐，哪里不舒坦？"但刚说完这句话，笑容也随之收起，好像突然意识到根本不应该笑。王大明让病人把手放在荞麦皮的白色脉枕上。由于常年使用，脉枕已发黄。王大明垂着眼，脉完一只手后，让病人换一只手。把完脉后看舌苔，然后扒开病人的眼皮看了看眼睛。

王大明二十五岁，便在六里街上开堂问诊。诊所不大，一间狭长的屋子，临街的前半段还算亮堂，后半段就有些昏暗，整整一面墙上，立着棕色药柜，每个小小的抽屉上都写着药名：麻黄、桂枝、黄岑、白芷、辛夷、苍耳子……诊所弥漫着各种药材混合而成的药香，离得老远就可闻见。柜台上还放着一台小秤，比普通的称要小很多，专门用来称药，这种小秤叫戥子。王大明开了药方后，就一瘸一拐地到柜台上配药，铺一张见方白纸，把几种药材称好后倒在纸上，然后包起来，用一根带子系好。一切都有条不紊地进行着，除了那条偶尔还隐隐作痛的残腿。尤其在春天，一日接一日地下雨，时间一长，连屋内的墙壁上都挂着水珠，潮湿的阴冷密不透风地笼罩着万春城，一丝丝渗透进人们的皮肤里，骨头里。王大明来自残腿深处的疼痛加剧，夜不能寐。他低低地哀嚎着，却又使劲克制着，不敢惊动王厝过于安静的夜。

那个时候，整条街上只有王大明一家中医私人诊所。当然在六里街还有一个中医院，虽叫中医院，也有西医。但是六里街的人不爱上医院，除非病得真严重了，卧床不起了。平时得点小病就上王大明那里。王厝的男女老少几乎没有没找过王大明看病的。王大明的医术到底有多高呢，不好说。妙手回春，起死回生的事没听说过，但治个上火、拉肚子之类的倒是驾轻就熟。

但我从不相信王大明是个神医。因为我8岁那年得了一场病，吃了王大明的药并不管用。那一年，我不知怎么了，面色蜡黄，没有食欲，经常呕吐，还总是做同一个噩梦，其实我也不知道那是不是梦，因为我甚至不知道自己是不是真的睡着了。那个梦，没有情节，只有一堆象蛛网一样的线条，其实也不象蛛网，蜘蛛是巧妙的纺织高手，它的网通常是有序的，规则的，但我梦中的那些线条是杂乱无章的，它们黑压压一齐压向我，铺天盖，越来越多。我喘不过气来，在快要窒息之时，猛地惊醒，一摸自己的额头，全是汗。我被母亲带到了王大明的诊所，把了脉，拿了几包他开的草药回来熬。药吃了好几日，不见好，还是那样呕吐、萎靡，几乎天天做着那同一个梦。我害怕起来，害怕那种喘不过气的压迫感，觉得自己可能快死了，于是有时偷偷把头埋在被子里哭。

后来我的病好了，但和王大明一点关系都没有。在家中萎靡了两个多月的我终于耐不住无聊，在一个有着绯红夕阳的傍晚，和邻居女孩跑到菜地里玩。在那片长着野草和青菜的地里，我突然觉得自己正一点点清爽起来，好像身体里冒出一个小芽，一点点生长。一连数日，我都跑到那里闲玩，摘些小黄花，小紫花。慢慢地，我病好了，甚至那个抽象的关于黑色线条的梦，也没有再做过。我知道，这一切和王大明一点关系都没有，所以，我一点都不相信王大明是什么神医。但不管我怎么看，王大明已经在六里街有了好口碑，并传到了邻近的小镇，甚至有一些山里偏远一点的人有什么疑难杂症也慕名前来。王大明诊所越来越红火。

三十岁时，曾经认定只能打一辈子光棍的王大明，向父母提出了要取老婆的想法，他说：“我想成个家。”王大明排行第三，他下面的两个弟弟都已先他娶妻生子。之前，父母一直没敢给他张罗婚事，但今非昔比，王大明已成为六里街一带的名医，讨个老婆自是天经地义。

办喜事那天，王厝的男女老少都来吃喜酒。新娘子是由伴娘撑着花伞护送进王大明家门的，而且是自己走着进去的，一点残疾都没有。新娘子烫着当时最流行的短卷发，身材苗条，面容秀美，嘴角还有两个梨涡，真让人为之惋惜。想想王大明那条只严重萎缩的残腿蹭在她身上的情景，确实有点让人倒胃口。但是大人们都说，王大明的老婆并不吃亏，“王大明诊所生意好得很，嫁给他阔气。”

婚后，王大明盖起了一栋两层小楼，外墙都贴上了当时万春城最流行的白色小瓷砖。王大明把诊所移到了自家的客厅，虽不在六里街上，病人却不见少，依然门庭若市。婚后第二年，王大明的老婆生下了一个男孩，而且谢天谢地，身体健全，王大明和他老婆都大大松了一口气。过了两年，又添了个女孩，谢天谢地，也是身体健全。王大明心满意足，这两个正常的孩子就是最有力的证据，证明他王大明可以像所有正常人那样，生下正常的孩子，正常地做个父亲。王大明觉得，老天终于对自己公平了一回。他并没注意到自己的老婆日渐枯瘦，两边脸颊深陷，颧骨高耸，经常为一点小事便泪流不止。

女孩四岁时，王大明的老婆用半瓶敌敌畏要了自己的命。

“没想到王大明的老婆命这么薄，这才几年啊，就撑不住了，可怜两孩子了。”

“我看是王大明命太硬，没几个人能硬得过他。”

大家都在揣测王大明老婆自杀的原因，但没有人真正了解个中缘由，也没有几个人还想得起，当初她撑一把花伞，梨涡浅笑的模样。听说王大明私下补偿了岳母一笔钱，所以丧事办得很顺利。

王大明对死去的妻子绝口不提，不在外人面前提起，不在家人面前提起，甚至在两个孩子面前，也从不提起。所有人都认为王大明仍然沉浸在哀悼之中。事实上，他自己也说不清，他的沉默是什么，他甚至不清楚，自己对那个为他生了两个孩子的女人有多少了解，他只觉得，她的自杀，就像是打在他脸上的一个响亮的耳光，那个疯女人在以死的方式告诉所有人：她无法忍受他——一个不正常的瘸子。是的，疯女人，他甚至并不真的为她的死而感到哀痛，没错，他并不哀痛。他被自己的愤怒和残酷，吓了一跳，所以他沉默着，他生怕一开口就暴露了自己。葬礼后的第二天，王大明便打开诊所的门，坐到那把太师椅上，开始问诊，似乎一切如常，并没有什么变化。病人们照旧登门而来，络绎不绝。

不到两年，王大明又在两层小楼上加盖了一层。而且，王大明又娶了个新老婆。新老婆是个寡妇，和王大明死去的老婆恰好是相反的类型，结实，健壮，善谈，能干，精明，很快便全面接管了诊所、家里家外、两个孩子，以及王大明的财政大权和王大明本人。

王大明感受到了这个女人的力量，那种他死去的老婆所没有的力量，他开始依赖她，像小时候依赖他的母亲。尤其是，她那强烈的生命力，她的风风火火，她的粗暴有力，她的暴风骤雨，让他觉得像打了一针强心剂，让他亢奋得有点发昏。而他的两个孩子，则不得不畏畏缩缩，小心翼翼地应对着这位嗓门大、爱骂人的继母。

一日，一位躺在担架上的病人被抬进了王大明诊所。客厅里候诊的人“哗”地一下为其让出了一条道。

“都说你医术高明，你一定要给看看。”看上去像病人家属的人几乎在向王大明恳求道。

王大明心里并不想接这种重病人，但既然已经被抬了进来，他也不好当着这么多人的面有让人抬出去。王大明看了一眼躺在担架上的病人，迟疑了一下，说道：“我先看看再说。”

事后，王大明才知道这个病人并非一普通病人，而是万春城某位重要领导的一个表亲。此病人在万春城最好的医院看过病，也去过泉城的大医院看过，但都没看好，最后被不带任何希望地抬进了王大明的私人诊所。当时，对此并不知情的王大明，按照自己的诊断给病人开了药。吃了王大明的药后，病人居然一点点好起来了，最后竟能起床了。那位县领导知道后大悦，差人给王大明送了块匾，上面是四个镶金大字：妙手回春。

有了这块匾，王大明名正言顺成了万春城的神医。病人愈发多了，更多疑难杂症找上门来了，更多的重要人物登门而来。王大明的声望达到了巅峰。

王大明买了一辆残疾人三轮摩托车。每天晚上，关了诊所，他便骑上摩托车，上万春城最繁华的街上，找个酒吧，喝上几杯。当然，每回他的老婆都必定跟着他。但她一点都不阻止他喝酒，她对他说："喝爽了。"他一杯接一杯地下肚，什么都不想。他需要这纯粹的快乐。多年前，在那些春雨绵绵的漫漫长夜里，为了抵御残腿绵绵不绝的酸痛，他依赖上了酒。此刻，几杯酒下去后，他觉得身上温热起来，一股气从脚底往上走，从头顶冒了出去。他觉得自己终于舒坦了。他的目光去搜寻他的老婆，看见她正坐在那边的角落里，和一个不认识的男人热聊着什么。他转过身去，对年轻的伙计说道："再来一杯。"十点左右，王大明的老婆走过来，对他说道："该走了。"他啥也没说，任由她扶着自己走了出去。他什么也没想，只想躺下一觉睡到天亮。

第二天午后，一个戴眼镜的小伙子捂着肚子走进王大明诊所，说自己胃疼不舒服。王大明照例号了脉，开了药。那天晚上，这个十八岁的年轻人死在了六里街医院里。

瘸着腿，胖得像个球的王大明上了电视，他一边拿出自己的行医执照，证明自己的行医资格，一边灰着脸说，自己开的药方里并无任何会致人死命的东西。死者的母亲在电视上抽泣，父亲哽咽着对镜头说道："我的孩子只是胃不舒服，却让王大明给治死了，他死的时候好痛苦，一直喊疼，在床上打滚。我可怜的孩子。”那天晚上，这位年轻人吃下王大明的药后，觉得胸疼难受，曾经又回到王大明诊所，但却没有找到医生本人。那时，王大明正在万春城的某个酒吧里，一杯接一杯地喝着酒，享受着一天最痛快的时刻。

王大明的诊所被迫关门停诊，等待调查结果。二十多年来，王大明诊所从不曾歇业，除了两次结婚、第一个妻子的葬礼以及母亲出车祸和出殡那天。不管前一天睡得多晚，或半夜如何因那条残腿而夜不能寐，每天早晨8点半，王大明都准时坐在那把太师椅上。现在，他不得不被迫休息。客厅里空空荡荡，他还是习惯性地坐在诊椅上，目光无意识地落在外面的马路，以及马路前方的那片菜地上。他发现，时间过得如此之慢。他仿佛回到了小时候，他独自一人呆坐在屋子里，看着他的几个兄弟姐妹在外面跑着，玩着，忙着，自己却连走路都走不好。他渴望阳光，却又惧怕阳光。长时间呆在屋里，让他看上去苍白虚胖，他想搬把椅子坐在太阳下，晒晒阳光，但他又惧怕别人看他的怪异的眼神，他自己也觉得那样什么都不做，只是晒着阳光，一点都不正常。他不知道自己该做些什么，不知道怎么打发掉这整整一天的时间。平时他只在结束一天的门诊后，才喝上几杯。此刻，虽然还不到中午，但除了打开一瓶酒外，他想不到还能如何熬过这漫长的一天。

医疗调查结果在三个月后公布，报告声称王大明所开的药物与患者的死亡并无直接关联。王大明诊所的大门又打开了，他重新坐回到他的太师椅上。诊所依旧，只是那块“妙手回春”的金匾已经被悄然取下。

两年后，王大明被查出得了肝癌。作为一个医生，王大明自己并不惊讶，他清楚这么多年，自己灌下了多少烈酒。他早已习惯用酒精来抵御日复一日严重的残腿之痛。他喝下它们，麻痹神经，然后才能合眼睡去，第二天早晨才能起来，坐在那把老太师椅上开诊。尤其病人死亡事件闹得满城风雨时，他更是不得不依赖酒精来度过那漫长的歇业时间。他想，也只能是这个结局，还能怎样？

癌细胞每时每刻都在扩散，王大明痛苦地躺在床上，却再也不能用烈酒来让自己舒服一些。王大明的老婆仍然坚持要他每天问诊，她说，“还有很多病人等着你，不能一天到晚就这样躺着”。她把他从床上扶起，背起他，把他挪放在那把老诊椅上，他五脏六腑一阵阵疼。晚上，他躺在床上，几乎无法入睡，他想起自己的母亲。那天她像往常一样走在六里街上，一辆卡车撞了过来，她倒在血泊里。最后，她失去了双腿，却活了下来。之后，她剩下的每一个日子里，都躺在那张床上，无法动弹，蛆在她的屁股上啃出了一个洞。当时，他听着母亲的咒骂和呻吟，闪过一个念头：真不该这样活下来，还不如当时被一下撞死呢。这么多年来，他第一次觉得非常想念她。

王大明死后，诊所还在营业。现在坐在那把老太师椅上的，是王大明的老婆。这个女人对外声称，王大明已把所有的医术都传给了她。

把今天的活干完

林素英站在水池边刷碗，洗涤灵的白色泡沫堆积在盘子上和她的手上。在这个饭馆，她的工作就是站在水池边刷碗，仅此一件。以前，她还去帮忙收拾桌子，把放在塑料筐里的碗筷一筐一筐抬回来，但最近一年来，老板怕她腿脚不好摔倒了，只让她负责刷碗。上午，老板刚刚和她进行了一次委婉的谈话，这将是她最后一天上班。

“素英姐，你在我这刷碗也刷了有十来年了吧，我记得你来的时候，六十岁不到，今年七十了吧？”

“可不是吗，今年整七十了。”林素英以为老板只是拉家常，虽说是老板，也是同住在王厝的堂兄弟。

“七十了，也该回家享享清福了。”

“我在家呆不住，还是干点活好。”这是实话，不干点活，林素英就觉得不舒服，她来这饭馆刷碗并不完全是为了挣钱。

“素英姐，跟你说句实话，我挺担心的，你说要是哪天你倒在我店里起不来了，我该怎么办？”林素英沉默着，一时不知道该说什么。老板接着说道：“真这样的话，你说大千和阿森还不得埋怨死我呀？希望你能理解。你也该回家歇着啦，怎么说也是七十的人啦。我把这个月的工资提前给你结了，你看这样行不行？”

林素英又沉默了一会儿，觉得话说到这份上，也实在不好再留下了：“好吧，我把今天的活干完走。感谢这些日子你的照顾。”

早上来的时候，林素英没想到这会是自己最后一天在这刷碗。“明天就不用来了。”她在心里又跟自己说了一遍。凉凉的水从水龙头里哗哗流下，冲刷着盘子上的白色泡沫，她愣了一会儿，才放下手上的盘子，又拿起另一个。

晚上九点半左右，林素英回到家里。她静静地坐在客厅的椅子上，脑子里依然一片空白。她的丈夫王大千在看电视。大儿子阿森已经睡下，小儿子阿林还没有回来。空荡的房子里，只有电视剧里的人在说话。这些年，她上午九点钟走，到饭馆去刷碗，晚上九点多才到家，几乎天天如此，她早已习惯。自从今早和老板谈过之后，她觉得心中的那个空洞，又一点一点裂开了。

林素英第一次感觉到在身体某处有个空洞时，是在和王大千结婚五年后，她看着比她晚结婚的王厝媳妇都一个个生下了孩子，而她的孩子却迟迟没有到来。不知道为什么，她第一次觉得自己的身体里面似乎出现了一个空洞，她说不清这个空洞在哪，她也看不见它，但她感觉到了它，这让她有点不知所措。她不知道问题出在哪，是在她身上，还是在她丈夫王大千身上？她又等了两年，但还是没有怀孕。她觉得那个空洞每天都在一点点扩张，她觉得自己无法再等下去了，必须马上抓住点什么去填上它。于是，她去抱养了一个女孩。

女儿抱来时，刚刚三个月，娇嫩得像一朵菜心花。当林素英第一次把她抱在怀里时，她觉得自己和她相见恨晚。她照顾她，视如己出。除了不能给她喂母乳外，她就像是一个真正的母亲。当她抱着她时，她觉得那个空洞一点一点正在愈合。为了让它完全愈合上，她把她抱得更紧。

一日一日，林素英抱着女儿，终于填满了那个空洞，却发现女儿转眼已长大，大得不再需要她抱她，她挣脱她，跑了。然后她上学去了，整个白天都不在家。林素英觉得自己身体里的那个空洞又一点一点裂开了。她躺在床上，感觉那个虚空让自己轻飘起来，越飘越远。她在心里大叫：快回来！

女儿八岁时，林素英又抱养了一个儿子。儿子抱来时，才满月，比女儿刚来时还小。看着小婴儿那粉嫩的小脸，小小的眼睛、嘴巴和鼻子，听着他的啼哭，摸着他的小手和小脚丫，林素英觉得自己又找回了那种熟悉的感觉。她觉得这个孩子的哭声把越飘越远的她拽了回来，她觉得踏实了，身体里面的空洞慢慢一点点填上了。她有了一个女儿和一个儿子，儿女双全，应该不缺什么了。王大千也觉得满意，在一开始他就想抱养个儿子，现在终于有了。现在这个家圆满了，甚至比那些只有女儿，生不出儿子的家还要圆满。

林素英有点纳闷，日子是怎么一下就过去的，不过是一日日的起床、吃饭、带孩子、干活、睡觉而已。女儿已经结婚走了，大儿子阿森也已经十六岁了，长得比她和丈夫都高。如果不是发生了那件事，林素英或许也会满足的。这么多年来，她忙着孩子的事，忙着家里的事，还忙着外面的事，年轻时候曾经感觉到的那个在吞噬自己的空洞，已经很久没有出现了。但那件事，打破了这平静。

那天不过是平常的一天，外面阳光很好，王厝的午后像往常一样平静，阿森的惨叫声划破了整个房子。当林素英听到声音，赶来时，看到的是儿子倒在地上扭曲着打滚的身体，他双手抓着自己的头，面目狰狞，像要咬人，嘴角吐着白沫，惨叫着，像被鬼上了身。“阿森，阿森，你怎么了……”林素英叫着他的名字，但他好像根本听不见。

虽然，随着发作次数的增多，她对所有的这些症状都已熟悉，但是每次发生时都仍是胆战心惊，不知所措。走了好几家医院，几位医生的说法如出一辙：以现在的医学水平还没有办法治愈。

“医生，我儿子为什么会这样呢？他以前一直好好的。”

林素英还是不明白问题出在哪里。

“这个很难说，可能是遗传，也可能是脑部受伤，或者脑部肿瘤。可以先去做个脑部CT看看。”

“我儿子会疯掉吗？”医生的回答让林素英更加困惑。

“癫痫不是精神病，不是疯。只要坚持吃药，保持心情平静，不让他受刺激，是可以减少发作的。”

脑部CT扫描结果出来，证明阿森脑部并无任何肿块或肿瘤。医生在诊断书上写上：“原因不详”。

阿森修养在家。阿森不出门，也不想和别人呆在一起。与发作相比，阿森似乎更害怕的是等待下一次发作，他不知道下一次在何时，但他知道下一次肯定会到来。他要时刻准备着那下一次的到来，确保不是在一个陌生的地方，确保不是在大街上，确保旁边还有人可以救他。他问自己，“除了呆在家里，还能去哪”，所以他把自己囚禁在那个家里，那栋两层小楼里。除了十八岁那年，因为偷看邻居女孩洗澡引发了一场小骚乱外，他几乎消失在人们的视野里。在那场骚乱中，匆匆一瞥的那个白皙的、并未完全发育的身体，日后像电影一样，一次次在阿森脑海中重放。只是时间久了，画面日渐模糊不清，最终变成一团迷雾。日复一日，阿森无声地消耗着所有的冲动，静静地谋杀了时间。他觉得自己快要失去说话的能力，他不知道该如何开口，他觉得似有一股力量按压着他，使他张不开嘴，即使张开了，也发不出声音，即使发出了声音，也语焉不详。他觉得只有自己的母亲能辨认出那些毫不连贯的、磕磕绊绊的声音，也只有她不把自己当成一个随时会抽搐、口吐白沫的怪物。但后来他觉得自己错了，其实连他的母亲都不能容忍他的存在，因为她又去抱养了一个男孩。他知道，其实她并没有真的听懂他那些断裂的嘶哑声音。从此，他连那些仅有的磕磕绊绊的声音都不想发出了。呆着，呆着，从年少方刚到四十不惑，阿森的眼睛昏黄黯淡了下去，皮肤愈发苍白起来，头上也冒出了一些白发。

林素英在阿森二十岁时，又抱养了一个男孩。自从阿森癫痫发作躲到屋里不出后，她不明白为什么会是阿森。林素英暗暗去打探了阿森的生父母和亲兄弟，但是没有，他们谁都没有癫痫，偏偏只有阿森有。她觉得，老天对她一点怜悯都没有，心里的那个空洞，又一寸寸裂开，她觉得自己又一点点轻飘起来，无处着落。

林素英的丈夫王大千不同意再抱养一个孩子，他说："够了，够了，都到了抱孙子的年纪了，还抱养什么孩子？"王大千一想到孩子夜以继日的哭声就觉得头疼，他不想再过一遍那种嘈杂的日子。他每天早上醒来，吃过稀粥油条，便溜达着穿过王厝，朝六里街走去。他先转到街头的杂货铺去坐坐，和店里的王大门聊上几句，和上门买酱油买盐的人扯上两句。起初，他忍受不了孩子没日没夜、尖声的哭泣。后来，他又觉得王厝太过安静，尤其是在他的儿子阿森成天呆在家里，却几乎不说话以后，更是安静得出奇。那样的安静，让他坐立不安，他必须走出去，去看看街上的人来人往，车来车去。

在杂货铺消磨掉大半天之后，王大千回家去吃午饭。吃完饭后是午休时间，他上床去午睡。醒来后，洗把脸，他又溜达着出门去，他从杂货铺那右拐，拐进那家“强大夫牙科”。“强大夫牙科”的业务包括治牙、拔牙、镶牙、烤瓷牙等一系列项目。“强大夫”并不反感王大千的到来，事实上，王大千的到来让他稍稍松了一口气，他终于可以不必一个人去打发掉整个冷清的下午。为了节省开支，诊所所有的活儿都是强大夫自己做，连个护士都没有。

从牙科诊所出来后，已是傍晚，王大千溜达回王厝吃了晚饭。然后，他去冲了个澡，准备着打发掉晚上的时间。冲完澡后，他又溜达着出门，在街头的杂货铺那往左拐，他拐进了美珍的美发店。在那里，他碰到了憨水星，他并不想和那个傻乎乎的憨水星在那坐上一晚，所以打过招呼后，他走了出去，继续往前走。他拐进了另一家美发店。王大千之所以能如此逍遥自在，是因为他远在南洋的爹妈总按时给他寄钱，他们死后，他的兄弟又接着给他寄了几年。

如今七十多岁的王大千，腿脚已没有当年那么灵便了，事实上，自从突发脑血栓之后，他只能曲着双腿走路了。他曲着腿，一小步一小步挪动的样子很是滑稽。但这也阻止不了他一点一点地挪到六里街上去。他很得意地向王厝人炫耀，六里街上没有他没逛过的美发店，他甚至并不隐晦地暗示，即使到了这个年纪，他仍然和那些声称是洗剪吹专业美发人员的小姐们保持着那种交易。

尽管王大千强烈反对，但林素英还是在五十岁时抱养了第三个孩子。她知道，只有一个新生的孩子才能再次弥合她内部那个再次裂开的洞穴。她一点也不想去看洞里是什么，她只想在它扩张得更大之前，把它缝上，补上，填上。儿子阿森看不到她身上的空洞，丈夫王大千也看不到她身上的空洞，她觉得自己无法向他们解释。更让她难过的是，她觉得其实不管是丈夫还是儿子，他们一点都不在乎她身上有什么空洞，丈夫只想着每天去街上闲逛，儿子每天都想着自己的那点毛病，当然他也无法不去想。她想，反正本来也不指望他们能帮上什么忙，她要自己把那个孩子养大。

孩子的哭声一下打破了这个家长久的安静。王大千把更多的时间消磨在了六里街的杂货店、“强大夫牙科诊所”和各个美发店。阿森无处可逃，孩子的哭声像剪刀一样戳在他的身上，有时候他真害怕自己会一时冲动掐死他。他用手捂着耳朵，把房间的门紧紧关上。林素英也害怕刺激了阿森，只好把孩子放在婴儿车里推着他在王厝里闲逛。这孩子也似乎更喜欢外面的空气，一推出去就不哭了。整个上午，整个下午，林素英都推着孩子在外面呆着，冬天在太阳底下，夏天在两棵大龙眼树底下。

那栋小楼几乎成了阿森一个人的家。他非常乐于享受这份安静，他觉得自己正需要这样静静地修养。后来，他也搬把凳子坐在门口晒晒太阳，有时也在王厝周围逛逛，偶尔还到六里街上去走一走。但绝大多数的时间，他还是呆在那栋房子里。

第三个孩子也终于长大，林素英觉得自己已经老得养不起另一个孩子了，她在“王记”饭馆找到了一个刷碗的活儿。饭馆的生意很好，一筐一筐的碗筷堆到池子里，她一个一个地洗刷着它们，花去了一整天的时间。

林素英觉得自己一点力气都没有了，懒得动一下。她朝丈夫看了一眼，发现他歪着头已经睡着了。她并没有走过去关掉电视，依旧坐着，任由电视剧兀自上演着。

算命先生

“我看见你老婆了，老了。” 来算命的女人对李文德说道。

李文德愣了一下，过了一会才明白这女人说的是谁。他纠正道：“你说错了，她早就不是我老婆了。”自从十八年前，她从家里搬出去后，李文德就没再见过她。

李文德天生有青光眼，总是眯着眼睛斜着看人。后来李文德成了算命先生，这倒成了可加分的先天因素。自古，算命先生以瞎子居多，李文德虽不是瞎子，但那双有问题的眼睛倒也增加了几分高深莫测。

李文德的老婆眼睛也不好，右眼生来几乎看不见，眼白过多地占据了眼睛，萎缩的灰黑色的眼珠看上去像假的。所以她也总是用一只眼，斜着看人。当初，两个眼睛不好的人是如何斜着眼互相看上对方的，李文德已想不起来了。李文德的老婆瘦瘦小小，长一张小圆脸，梳一头短卷发，虽然眼睛不好，但是手却很巧，尤其毛衣织得又快又好，一晚上就能织出一件，好像那只有毛病的眼睛并没有影响到她什么。李文德老婆说话时总带着笑，笑里带着小姑娘似的羞怯。当李文德无所事事时，她在“王记”饭馆做服务员，维持一家的生计。后来她生了一个男孩，一个女孩，而李文德的算命生涯还是没有打开局面，依然闲着。

当男孩10岁那年，李文德的老婆提出了离婚。李文德坚决地说“没门”，他不能这么轻易成全了那对狗男女。

那个男人是拉煤的卡车司机，他把残留着煤渣的灰黑的卡车停在路边，从车上下来，腋下夹着一个黑色皮包，走进了饭馆。他的身上也不干净，煤粉飘落在他的头发上、脸上、鼻孔里、衣服上、鞋上。

李文德的老婆走过来问道：“师傅，吃点什么？”脸上带着小姑娘似的羞怯的笑。

“来个青蒜炒肉，再来个爆炒腰子。”卡车司机注意到了她那只眼白过多、眼球萎缩的眼睛，也注意到了她那小姑娘似的羞怯的笑。李文德的老婆觉得，他身上的煤粉可能会落在饭菜里。

三个月后，卡车司机把李文德的老婆带到了他租的房子里。她一直觉得自己不是那种女人，但她已经跟着他来到了屋里。她还在跟自己做着斗争，但已经倒在了他的怀里。她想，算了，随它去吧。

卡车司机从一开始便向李文德的老婆坦诚自己有老婆孩子，他像姜太公一样，摆出一副愿者上钩的样子。当李文德的老婆要离婚时，卡车司机又郑重说了一次："你可自己想好了，我真的没办法娶你。"

李文德的老婆低低说了一句："我知道，你对我好就够了。"她觉得就像泼出去的水，已收不回来。

卡车司机一把搂住了李文德的老婆，说道："傻女人。"他不明白怀里的这个女人为何非得离了丈夫孩子，跟着自己。这让他有点受宠若惊，他知道自己不过是个给人拉煤的卡车司机，身上还总是落着脏兮兮的煤渣。

李文德坚决不同意离婚，但李文德的老婆更坚决，她上法院去诉讼离婚。李文德每次在法官面前的回答都是"坚决不离"。他对法官说道："谁说我们没感情了，我们是自由恋爱的，那时我们好得恨不能穿一条裤子。你再看看我们那两个孩子，一个十岁，一个八岁，没感情能生出两孩子吗？你要判我们离婚，就是害了这两孩子。"

"既然双方有感情基础，也没有什么大的问题，还有两个孩子，你们先自己回去调解调解。"法官见过太多这样的夫妻，一吵架就闹离婚，他想，都是些"头脑发热"的傻瓜。

但李文德的老婆并不想调解，她坚持一次又一次地上诉。第四次，她向法院提交了一份医院诊断书，上面写着"身体多处瘀伤"。法院终于判了离婚。

李文德老婆回去收拾东西。旧骑楼里光线昏暗，她埋着头，往行李箱里装衣服。李文德只允许她拿走自己的东西，他恶狠狠地说，“其他的都不许动”。孩子们很快就要放学了。她有些焦急，还没想好怎么和他们说。她想也许自己该在他们回来之前走掉，但已经来不及了，她听到他们进门的声音了。

小龙和小雨走了进来，她没有勇气抬头看他们。小龙在床上坐下，看着她往行李箱里装东西，什么也没说。妹妹小雨抓住她的手臂说：“妈，你不走行不行？”李文德的老婆觉得自己喉咙发紧发干，她咽了口唾沫，对女儿说道：“妈也是没办法。”她继续收拾东西，动作更为慌乱。小雨“哇”地一声哭了出来，小龙还是什么都没说。终于收拾好了。“小龙，我走了，你好好照顾妹妹。”她想去拉儿子的手，但被他挣脱了。小龙跑了出去。她愣了一下，回过头对女儿说：“小雨，照顾好自己，我走了，你有事就去饭馆找我。”她看见小雨已满脸是泪，但她还是提起箱子，走了出去。她没有回头，只听见身后的门“砰”地一声被重重撞上。

小龙恨他的母亲，也恨他的父亲，尤其是当父亲心情不好，对他嚷嚷“你怎么不跟你妈走，有本事你就去找她”时。他也恨自己。他开始逃学，打架。当他用一根棍子使劲击打在另一个孩子身上时，他心里的怒火终于像洪水一样，倾泻而出，他感到难得的畅快。即使这种畅快只是片刻，但他还是抑制不住地上了瘾，而且越来越沉迷于棍子落下之时的酣畅淋漓感。

学已经退了，那个所谓的家，小龙已几乎不回去。小龙觉得自己已彻底长大，不需要父亲，也不需要母亲，不需要什么所谓的家。他告诉自己：让他们都见鬼去吧。那时，他十三岁。

“来点这个，吃了你就知道了。”第一次有人塞给小龙几颗白色药丸时，并没有告诉他那是什么东西。小龙想都没想就塞进了嘴里。他永远也忘不了那种感觉。他觉得自己不再是自己，或者说，他觉得这世上还存在着另一个自己，一个更轻盈更快乐的自己。他喜欢那个自己。那是一种不受控制的快感，他只能臣服，他非常乐意臣服。就像乳汁之于一个婴儿，那种滋味一生难忘，让人吃完了还想要，还想要。

“你该试试这个，比摇头丸强多了。”正在体验新玩意的同伴，用一种近乎飘渺的声音说道。小龙知道，他此刻已经飞起来了，正从高空俯视着自己，也许在他眼里，自己可能是头小鹿或者是只蝴蝶。盒子里装的是像碎冰一样透明的闪着光的东西。小龙凑了上去，学着那位男孩的样子吸食起来。突然，他的身体打了一个机灵，那是此前从没体验过的感觉，就像那男孩所说的那样，比摇头丸强上十倍。

小龙“溜冰”一年多后，李文德给六里街派出所打去了一个报警电话：“我儿子吸毒，你们来抓人吧。”

自从小龙染上毒瘾后，把家里的电视机和洗衣机卖了，向所有的亲戚借钱，甚至骗钱，有一次抓起一把椅子差一点就砸在李文德头上。

“我也没有办法，我实在管不了啊。”李文德对上门的警察说道。

李文德的算命生涯在离婚之后倒是日渐好了起来，在六里街一带也算是小有名气。尽管大多数人都已搬离六里街破败的骑楼，他仍住在那里，因为除此之外，他无处可去。算命的人找上门，踏进他那光线昏暗的老楼里，大多数的主顾都是中年妇女。其中一个女顾客，一个寡妇，找李文德算了几次命后，干脆住下，不走了。她给李文德做饭、洗衣服，过年时还慷慨地送了李文德一条24K金项链。寡妇想嫁给李文德。

“这女的年纪和你差不多，出手阔绰，对你又好，娶了她你不吃亏啊。”李文德的亲戚们都劝他。

“现在这样挺好。”李文德只想保持现状，他觉得再娶个老婆完全是犯傻。

两年后，寡妇看出要扭转局面，改变李文德的想法已不太可能，才搬了出去。但逢年过节时，寡妇还是会到李文德家小住，仍然给他买一堆吃的和穿的。寡妇来了，李文德欢迎，寡妇走了，李文德也不挽留，他觉得已经和她达成了某种默契。

李文德走在六里街上，迎面看见了前妻，他差点没认出眼前这位五十来岁、差不多是半个老太太的女人，要不是那只坏了的眼睛，他肯定认不出她来了。在这个女人离开的十多年里，他们的儿子有一大半时间在外面鬼混，而另一大半时间则呆在戒毒所和监狱里。而他们的女儿，机灵能干，去夜店里卖过啤酒，在电器店里卖过洗衣机、空调，去房地产公司卖过楼。有一次，她的脑袋破了，血染红了头发，去医院缝了十三针，说是自己喝醉了，拿酒瓶砸破了自己的头。当然，李文德不会走过去和眼前这个半老太太说这些。他对眼下的日子并没有什么可抱怨的，儿子从戒毒所里出来后，又因藏毒，进了监狱，要在里面呆上十年，至少这十年里，他甭想再胡闹了。女儿刚刚找到了一个还不赖的丈夫，把自己顺顺当当地嫁了出去。此时此刻，看上去一切都风平浪静。李文德装作没看见那个女人，走了过去。

李文德的老婆差点没认出眼前这个五十来岁，头发有点发白的男人，要不是他斜着眼睛看人的样子，一下提醒了她，她已经毫无察觉地走了过去。这个对她好过，也对她坏过的男人，已经老了。在她离开的这十八年里，她大部分时间跟着卡车司机跑在路上。她总是坐在他旁边副驾驶的座位上，有时她觉得自己爱上了那样奔波在路上的日子，沿途的那些房子，那些山，那些天和地，那些集市，那些人，让她觉得放松平和。他们常常停靠在不同的加油站，不同的饭馆和旅店。此前，她一直呆在万春城里，她没想到自己还能适应这样的日子。尽管有时候，她也会想起两个孩子。她不知道他们过得好不好，她希望他们能过得好，但也许他们过得一团糟，她偷偷抹掉眼泪。她知道，跨出了这一步，就只能走下去，她告诉自己，这就是命。后来有一阵子，卡车司机回家找他老婆去了，留下她自己一人住在租来的房子里，她也这么告诉自己。她打算就这么一直走下去。此时此刻，她也不想停留。

山 猪

山猪是王厝唯一一个大声哼着小曲走路的大人。王厝人对山猪这种简单的快活劲却很不屑，都说他是脑子缺根弦。山猪不管别人怎么看，他照旧大声哼他的小调，尤其在喝过酒后，更是唱得欢。

喝酒是山猪的一大乐趣。每天都得喝几杯，没有下酒菜也不要紧，没有人陪也不要紧，只要有酒，山猪就高兴。夏天，山猪喜欢光着上半身，不管是上街，还是在家，不管是白天，还是晚上。日头晒得厉害时，他就在头上加顶大草帽。

山猪只上过三年学，常年干体力活，除了种地，还在采石场搬石头，看上去力气很大的样子。王厝有人死了，山猪还去抬棺材。那个时候万春城还没实行火葬，人死了都埋在山上。山猪穿着为抬棺特制的草编的鞋，光着膀子抬棺材。有人觉得抬棺材不吉利，但山猪一点都不介意，他说，他不信邪。所以王厝只要有人死了，都叫他去抬棺材。

山猪大声说话，大声哼曲，大声笑，很多人都觉得他是个二百五，但是我一点都不烦他，因为他不吓唬小孩，还总是一副高兴样儿。我们这些小孩都不叫他山猪叔或山猪伯，都叫他“山猪”，他也没有不高兴。山猪挨老婆骂也不会不高兴，有时候他的女儿、儿子不给他好脸色，他也不会不高兴。我很奇怪，有什么事能让山猪不高兴呢?

后来发生了一件事，真的让山猪不高兴了，而且再也高兴不起来了。惹山猪不高兴的，是他的老婆。山猪的老婆，要身段没身段，要脸蛋没脸蛋，身材矮胖，还有一口暴牙。但是山猪老婆有高中学历，这在王厝同辈人中，可算罕见。连王大刚都跟山猪说：“你老婆读的书比我还多，不简单。”山猪很得意。山猪啥都不怕，就怕他老婆。山猪家的大事小事都是老婆做主。据说山猪老婆要是生气了，抬手就揍山猪几下。那么强壮的山猪会怕老婆的几下拳头，实在是让人费解。

山猪喝了酒爱撒酒疯，又唱又叫，搞得全王厝都能听见。只要一听到他兴奋地又唱又叫，大家都知道，山猪又喝醉了。一日天才蒙蒙亮，山猪就开嗓了：“你们都干了什么见不得人的事，他王大利怎么一大早就在咱家？”被吵醒的王厝人一听，都竖起耳朵。

“你这个不要脸的女人，竟敢给我戴绿帽子”山猪是个大嗓门，加上喝了酒就更肆无忌惮。这下所有王厝人都听明白了。这次，山猪是真动了怒气了。

“哪有什么人，你喝醉了，眼花了吧，撒什么酒疯。”山猪的老婆也不甘示弱。山猪昨夜跑出去喝酒，凌晨四五点钟才回家，一踏进大门，却见隔壁的王大利从后门溜了出去。王大利家和山猪家仅一墙之隔。山猪老婆一口咬定山猪是喝醉了，眼晕看错了，山猪却坚信自己的眼睛看得是清清楚楚。而且借酒壮胆，山猪一点都不害怕。山猪发起拧来，不依不挠，一定要从老婆嘴里问出通奸真相。山猪的叫骂声一直到七点来钟才停下来，他喊累了睡觉去了。

谁都以为以山猪的二百五和缺根弦，睡一觉醒来就会忘了这事。王厝人吃完早饭就各忙各的去了。谁想到，到了傍晚，天快黑的时候，山猪又闹起来了。“王大利，我操你母，你有种就给我出来说清楚。”但却没听见那边的王大利接茬。见王大利没吭声，山猪又接着骂：“王大利，我操你母，你给我出来。”

山猪叫了一个多小时，王大利还是没吭声。但王大利的老婆出声了：“山猪，你撒你的酒疯，不要搭上我们家大利。我给他作证，他昨夜一直在家睡觉，根本不可能跑去你家。”

“你瞎说八道，我明明看见他从我家后门溜走的。”山猪并不相信王大利老婆说的话。

“这王大利以前和吴金枝就有一腿，这次又搞上山猪老婆了。”

“我看王大利是冤枉的，山猪他老婆长那样，谁搞她啊？”

山猪老婆和王大利这事成了悬案。山猪并没有捉到奸，当事人又都矢口否认，山猪的一口怨气无处发泄，如大石压胸，压得他快窒息了。所以山猪隔三岔五就要发作一次，每次发作都是乘着酒劲，在半夜三更开骂。

“王大利，你给我出来，你有种就给我出来，王大利，我操你老母。”

但那边的王大利一如既往并不接话，偶尔被骂急了，就回一句：“你撒酒疯就撒，别无缘无故牵扯其他人。我看你醉了，才不跟你计较。你个疯子。”

山猪无法罢休。经常在地里干着干着活，就扔下锄头，匆匆跑回家。

“山猪，你这么慌里慌张地上哪去啊？”路上有人问。

山猪就像听不见一样，自顾自地往前急走。

“山猪，你走这么急做什么？”路上又有人问。

山猪还跟听不见似得，自顾自地往前走。

山猪从后门偷偷溜进自己家，拉开每扇门，检查每一扇门后是不是藏着王大利；蹲下去，查看床底下是不是藏着王大利；拉开衣柜门，探看里面是不是藏着王大利。但是没有，一次也没有抓到王大利。山猪自己也搞糊涂了，他到底是希望看见王大利呢，还是不希望看见王大利呢。反正山猪只要一离开家就魂不守舍，就想回家去抓住王大利。

一日，山猪那驼着背的老母亲去找王大刚。“大刚，你劝劝山猪吧，真是疯了，你劝劝他吧，他一向听你的。”父亲一口应下，“姨，你放心，我劝他。”

“山猪，就算了吧，你要还想和你老婆过下去，就别再说那些有的没的，你这样闹下去，大家都不好看，还怎么过呢？”

“大刚，我咽不下这口气。我一定不会让他王大利好过。大刚，要是你老婆被睡了，你能罢休吗？”王大刚无言以对。

山猪的快活劲儿全没了，再也不哼小曲了。不哼小曲的山猪，一下子就瘦了，蔫了。原本就好酒的他喝得更凶了，喝完了必定要撒一下酒疯，咒骂一通王大利。时间长了，王大利和他老婆听见了也当没听见，再也不出声回应了。王厝人的耳朵也都听得起茧了，通常只会说一声，“山猪又撒酒疯了。”后来，大家对山猪的撒酒疯已近乎厌恶：“这山猪还有完没完呢，多大点事呀。”

自从山猪自认戴了绿帽后，脸也似乎越来越绿了，快活劲没了之后，整个人连精气神都没了。山猪的老婆已经拒绝和山猪睡在一张床上，甚至拒绝和他说话，她在心里咒骂着这个愚蠢的男人，他为什么不能放过她？她恨他，他让她在王厝无法做人，她再也没给过他一次好脸色。他的儿子和女儿也恨他，他们恨他总是撒酒疯，恨他总是吵架，恨他让他们在王厝抬不起头来，恨他让他们不知该如何面对自己的母亲，他们也不想和他说话。他们已经不和他说话。

山猪彻底被孤立了。山猪不明白，为什么连自己的孩子都不和自己说话了。山猪很愤怒，他问自己：我他妈的到底做错什么了？山猪想不明白，山猪只好喝酒，甚至在一大早就开始喝酒。喝过酒后，他叫住他的孩子，大声地问他们："你们不和我说话是吧，连你们也不和我说话是吧？错的是我吗？"但他的孩子并没有回答他，只是各自生气地走掉了。

过了三年，山猪病倒，很快便卧床不起。肝癌晚期，拖了半年便不治而死。这个总是为别人抬棺的人，静静地躺在了棺材里。

王厝人掐指一算，山猪才不过四十六岁而已。

"都是被他老婆害死的。"

"是喝死的，天天喝，天天撒酒疯，能不作死吗？"

但没过太久，王厝人就把山猪忘了。时间再长一些，就完全想不起来了。

老 豆

在那个异常寒冷的冬天过去后，在大批乞丐和卖艺人离开后的那个春天，万春城举办了第一届福利彩票节。人们聚集在体育场，五块钱买张彩票，当场撕开兑奖。

“十辆桑塔纳就停在体育场上，谁刮到，谁就能开走。”体育场里的喇叭里有人反复说着同样的话。

桑塔纳是头等奖，还有摩托车、大彩电、自行车。万春城的体育场上挤满了人。体育场的地上全是刮过的彩票，一阵风吹来，五颜六色的彩票在空中翩翩起舞，喇叭里播放着最流行的歌曲。万春城人从四面八方赶往体育场，近的自不必说，远郊的也坐车来了，没有人愿意白白错过这样的机会。这样的场面足足持续了半个月。

最后那十辆黑色桑塔纳都是被谁开走的呢，不得而知。我只知道，驼背的老豆开走了其中一辆爵士摩托车。确切地说，是老豆刮中了一辆爵士摩托车，然后，他的侄子阿兵开走了它。

大家都叫他老豆，不管是老人、大人还是小孩都这么叫，没有辈分之别。《悲惨世界》里的钟楼怪人可能长得和老豆差不多。老豆脑袋比别人小，个子比别人矮，驼着背，像背着口大锅。

老豆虽丑，但没人怕他，连小孩都不怕他，因为他很和气。我们小孩见了他，高兴了就叫一声“老豆”，他总是冲我们笑笑，回答一声“嘿”。但我们可不敢跟他再说别的，叫完一声“老豆”，赶紧就跑。尽管他和气，但他的样子还是有些吓人。

“买了两张彩票就中了，十块钱换辆爵士，老豆真是走狗屎运啦。”

“还是傻人有傻福啊。”

老豆是整个王厝唯一中了大奖的幸运儿。听说民营企业家黑牛买了五千块彩票，只刮着了几个末等奖，末等奖的奖金是5块钱。整整一个月，王厝人一见到老豆就问：

“老豆，你怎么还走路啊，怎么不骑上你的爵士出来溜两圈。”

“老豆，运气这么好，赶紧找媒婆帮你讨个老婆。”

和往常一样，老豆只是笑着，“嘿嘿”两声。

其实，对于老豆来说，中辆摩托车，还真不如中个彩电。中个彩电，还能看看，中辆摩托也只能摆在那看看。不过要是驮着背的老豆骑上爵士摩托车，也实在是有点滑稽。当然，老豆一次也没有骑过。

老豆住在祖厝的一间小屋里，一个人吃，一个人睡。老豆种种地，种种菜，自给自足，与其他人都没有什么瓜葛。但是老豆有一件烦心事。不，不，他的烦心事并不是娶老婆，尽管十年、二十年前那曾经是一件最烦心的事，但此刻他已经不再奢望什么了。他想要的是个儿子，他当然也并不奢望有女人愿意为他生儿子，他只想过继一个儿子。他想，娶老婆不就是为了生儿子吗，娶不到老婆生儿子，过继个儿子也是有了后。老豆有四个兄弟，但他和他们不是同一个母亲，他的母亲在生他时便难产死了，他从小有佝偻病，从小便背着个罗锅。尽管老豆和其他几个兄弟一样，也叫继母为“阿母”，但他知道自己和其他兄弟并不一样，他和他们也始终无法亲近起来。甚至，他和他的父亲也始终无法亲近起来。他的父亲潭叔，是个沉默的人，平时很少说话，脸上的表情总像在说，“站远点”。尽管老豆知道，父亲对谁都这样，并不仅仅针对他，但他还是觉得，自己和别人不一样。而他的继母，他兄弟们的母亲，也并不曾亏待他，她总是做得无可争议，好像平等地对待每一个孩子，包括老豆，至少在表面上看起来如此。但老豆还是觉得，并不是表面上看起来的那样，他还是觉察到了那种差别。在那个家里，他怎么看，都像是多余的那个。他的父亲一死，他便从那个大家庭里分出来，自己一个人过。他乐意这样，他不想再呆在他们当中，不想时时提醒自己，和他们不一样。

没过两天，老豆的侄子阿兵找上门来，“阿伯，把你那辆爵士给我得了，搁你那又没用。老不骑，都生锈了。”老豆拍了两下摩托车的坐垫，只是笑笑，并不说话。阿兵只好悻悻走了。

过些天，阿兵又上门来：“阿伯，你说你有什么条件。这爵士在你这搁着真是浪费。你说你要什么，我跟你换。”

老豆还是笑笑，沉默了一会儿才说：“我想要个儿子。你要是我儿子，我就把这车送给你。”

过了几日，老豆的侄子阿兵骑着爵士上街，一副很拉风的样子。那个时候，王厝还没几个人能骑上爵士摩托车。

“听说，阿兵已经过继给老豆当儿子了。”

“用一辆爵士换个儿子，这买卖赚了。”

这时，王厝人发现，老豆其实并不是看上去的那样憨。

五十五岁那年，老豆放下锄头到一轮胎厂给人看大门，常年住在门房一间小小简易房里。外面的人，要进轮胎厂得在老豆那登记一下，大家都认为老豆找到了一份轻松的好差事，儿子也有了，可以安享晚年了。所以，当那件可怕的事情被揭开后，王厝人都不敢相信老豆会犯下那种错误。

六十岁的老豆，被告发诱奸一个十三岁的少女。女孩的母亲带着女孩到派出所投案。从派出所出来后，她们在六里街的咯滩吃午饭。闻风而来的王厝人围着瞧热闹。

女孩穿一条绿色连衣裙，扎一根马尾辫，圆圆的脸，看上去并不慌乱，也没有无助地流泪，甚至连吃不下饭的样子都没有。人们还是不敢相信，老豆会犯下那种可怕的错误。女孩的妈妈在众多目光的注视下，匆匆结账走人。

等她们走后，咯滩老板王大吉向好奇的围观者提供了刚刚打探来的消息。

轮胎厂就在女孩上学的路上。放学回家的路上，女孩拐进了轮胎厂闲逛。“不过是一个不想回家的贪玩的女孩”，老豆注意到了女孩，但并没有搭理她。一连几天，放学的路上，女孩又拐进了轮胎厂，老豆便问道：“你放学不回家，在这做什么？”

“不做什么，就玩。你在这干什么？”女孩反问道。

老豆和女孩日渐熟识起来。老豆常给她点吃的，几盒饼干，几袋糖果什么的。结果有一天事情就那么发生了，地点就在老豆那间脏乱的简易房里。

女孩把发生的事情告诉了一个要好的女同学，女同学转身告诉了自己的妈妈，女同学的妈妈又告诉了女孩的妈妈，女孩的妈妈立马报了案，当天老豆就进了派出所。老豆并没有否认，也没有对自己的行为做过多的辩解，只是再三对警察强调说：“我并没有强迫她，她没有说一句不愿意，不信你们问问她自己。” 警察看着眼前这个罗锅小老头，骂了一句：“老东西。”

“这老豆看上去不挺老实的吗，原来一肚子坏水呀。”老豆被捕的消息在王厝炸开了锅。

“这老东西，害人呀。”家中养着女儿的，骂得更凶。

因为女孩才十三岁，未成年，老豆被重判十八年。第十一个年头，老豆在监狱里查出胃癌晚期。监狱让老豆保外就医。老豆回了王厝。他那几个同父异母的兄弟，轮流每日把饭送到他跟前，尽管他已几乎吃不下什么东西了。王厝人都说：“这是报应到了。”

一日，老豆用力地抓住他的兄弟的胳膊，说道：“叫阿兵回来。”

“嗯，好，给他打电话。”

阿兵此时正在深圳打工，他在电话那头说，“活儿很多，很忙，没法请假，等忙过这阵就回去。”

老豆的兄弟告诉躺在床上老豆：“你安心养病，阿兵很快就回来啦。”老豆满意地点了下头。

从监狱出来七个月后，老豆死在后王厝的老宅里。那时，他那过继来的儿子阿兵还在深圳打工，并未回家送终。王厝人说，当年那辆爵士摩托以及老豆留下的一万多块钱算是白给了。

药

她姓甚名谁，我不知道。大人们都称呼她美珠阿母，因为她的女儿叫美珠；我们孩子都叫她：阿婆。阿婆干瘦，小巧，梳一齐脖短发，发根已有点花白，小小的瓜子脸，小小的鼻子，小小的嘴，眼睛细细的，说话声音轻得有点让人听不清。

阿婆是个很勤快的老太太，手里老是忙着点什么。帮美珠做饭，打扫卫生，带孩子，还养了几只兔子。阿婆对兔子非常尽心，常四处转悠为它们拔些爱吃的草。有一次，一出门，冷不丁看见一团黑影，把我吓一跳。再细看，是阿婆，她手里挎一个小小的竹篮子，扒着草丛，埋头找兔子草。她总是悄无声息地来，一个招呼都不打，即使你站到了她的面前，她也不和你说话，好像你根本不存在一样，除非你主动问她点什么。

我母亲走过去和她打招呼："美珠阿母，你在找什么？"

"我找点草喂兔子。"

"给它喂点菜叶子多省事。"

“不行呢，兔子就爱吃草。”

我母亲走过去看她竹篮里的草，那是一种细长叶子的草。

“我帮你找吧。” 为了听清阿婆的话，母亲又往前走了两步。

“不用了，要弄错了，兔子会拉肚子的。”阿婆的声音轻得几乎被风吹散了。

“哦，那你自己找吧。”阿婆没有再回话，也没有抬头，母亲只好尴尬地走开。

阿婆养了四只兔子，两只白兔子，一只灰兔子，一只黑兔子。有时，我觉得，阿婆其实有点像兔子，好像总是竖着耳朵，警觉着周围的一切，战战兢兢，似乎总担心着会有什么风吹草动。有一次，阿婆坐在祖厝的院子里晒太阳，我隐约听到她好像自己跟自己说话，我以为自己听错了，便偷偷从背后靠近，隐约听到她从嘴里发出的含糊不清的声音：“陈咏春，……你千万，千万别去……，陈咏春，我等你……”我以为阿婆是在说梦话，但明明看见她的眼睛是睁着的。

我跑回家，跟我母亲说道：“那个阿婆疯了，她自己跟自己说话。”

母亲却异常平淡地回答我：“她就那样，成天都在说陈咏春，陈咏春什么的，说了几十年了。”

那是一个男人的名字。自从这个人消失之后，这个名字就从没在她嘴里断过一天。阿婆念叨着这个名字过了大半生，就像有的人每天念“阿弥陀佛”一样。

认识陈咏春时，阿婆还是一个十七岁的少女，在万春城一中读书。他是她的老师，年轻，热血，坚定，她无可救药地爱上了他，然后爱屋及乌地，也爱上了他所热衷的“革命”。其实，在她情窦初开的心里根本没有多余的地方留给“革命”，都已被他占满，但她知道，如果要和他在一起，就一定要和革命在一起，因为他是属于革命的。她跟着他发传单，听他在台上演讲。他在革命，而她在恋爱，但一样的热血沸腾，一样如一叶扁舟，在大时代动荡的风浪里颠簸，摇晃，身不由己。

她的父亲是个务实的商人，他不允许自己的女儿和激进的革命分子在一起。他已经为她物色了一个门当户对的殷实人家。他希望他的女儿能安安稳稳地过一生，哪怕这只是奢望，他也不能眼睁睁看着她和危险分子扯上关系。

她被父亲关了起来。她反抗，捶打，绝食，都没能撼动父亲的意志。她疲惫了，口中喊着陈咏春的名字，祈祷他来求她，带走她，她念着他的名字入睡，又念着他的名字醒来。但他却始终没有出现。直到她的父亲把她嫁给了另一个男人，他也没有出现。她不知道外面发生了什么，她也不知道陈咏春发生了什么。

新婚之日，她是被绑着抬进轿子的，在那个陌生的新房里，她被锁了一百五十三天。她的新婚丈夫劝过她，也哄过她，但当发觉这一切根本没用时，他强暴了她。她奋力反抗，但势单力薄。她用尽最后一点力气喊出了“陈咏春”三个字。当她从那个新房走出来时，阳光刺得她睁不开双眼，她感到一阵晕眩，连忙用一只手挡住了双眼，而另一只手则轻轻地扶在自己的肚皮上，生怕自己会摔倒。仔细地看，能看出她的肚子已微微隆起。

她告诉自己要抗争到底，但最终还是输给了母性的本能。她看着自己的肚子一天天大起，她感觉到有个生命在她肚子里一日日长大，一日日活跃，她感受着他在她身体里踢腿挥拳。她知道这辈子再也别想逃出去了。她变得更加沉默了，只是有时喃喃自语。半年后，她生下一个男孩。

这不是她唯一的孩子，在接下来的十年里，她又生了三个孩子，两个女儿，一个儿子。她的日子和其他女人没有什么两样了，除了她的喃喃自语。夜晚，她在睡梦中唤着那个名字，白天，她自言自语地念着那个名字。她的丈夫向她怒吼：“你是不是疯了，你这个疯女人！”其实，连她都不知道自己是不是真的疯了。她真的不是有意要提到那个名字，她无法控制自己不去提到那个名字，它总是自顾自地从她的喉咙升起，再从她的舌尖冒出。

一开始她总是回想他的样子，一身灰色的长衫，短短的平头，一双黑色的布鞋，她记得他在台上演讲时的手势，还有他激昂的声音。但是渐渐地她竟然怎么也想不起他的脸，也不是完全想不起，只是剩下一个轮廓，她看不清他的眼睛，看不清他的嘴，他的脸上一片模糊。她感到害怕，她努力地回想，可是越努力越想不起来。她真的害怕了，她害怕自己会从此失去他。她不敢再使劲去想，她害怕有天醒来，他的名字也会像他的脸一样模糊不清，她必须记住他的名字，所以她不由自主地天天念叨他的名字。只有念着他的名字时，她才觉得她还是自己，她确实还活着。

她的丈夫恶毒地骂过她，凶狠地打过她，并威胁她："你要再念那个名字，我就杀了你。"她的嘴角因为横扫而来的几下耳光，淌下了血，虚弱的身体禁不住微微打颤，但最终她的执念战胜了他，她依旧着魔似地喃喃自语，即使在生下四个孩子以后。他感到绝望，他只能认输，他不再去听她说什么，他远离了她，从此几乎不和她说话。

这样，反而太平了。他们开始相安无事地过着日子。

最后，他先她而去，终获解脱。

阿婆的故事，就是这样。但是，似乎遗漏了一点什么。

"那个陈咏春呢？他去哪了，他怎么了？他为什么不来找阿婆？"

"有人说，他被抓了，死了，有人说革命成功后，他成了万春城的干部。"母亲自然是不知道答案的，关于阿婆的故事她也不过是道听途说。

这让我更加困惑，阿婆的故事是真的吗？至少听上去像假的。再见到阿婆，我总想问问她，到底故事的真实版本是什么，但又不敢。终于，有一次，遇上她在我家门前给兔子拔草，我还是忍不住鼓足勇气凑了上去，挨近她。

“阿婆，陈咏春回来找过你吗？”

阿婆抬眼看着我，怔怔地问道：“陈咏春，陈咏春，他在哪？”

“我……我不知道，他没来找你吗？”

阿婆直勾勾地瞪着我足足有两分钟，然后垂下了头，继续拨弄着地上的青草，不再理我。阿婆的眼神让我害怕，我赶紧躲开了。我想，阿婆也许真的神经错乱了。关于阿婆的故事，我始终没能找到真实的版本，不管这版本是什么。

阿婆依然每日每日地念着那个名字，有如最初。美珠从小听着这个名字长大，她早已习惯。她觉得那三个字就是她母亲的药，如果没有那三个字，她的母亲才真的会疯掉。

阿　凤

阿凤比我大十岁，我还是个懵懂小孩时，她已经是婷婷玉立的少女。她算不上漂亮，但是白净，斯文，而且她坚持上学读书，一心想要上大学。所以我觉得她和王厝其他的女孩都不一样。

阿凤像是姐姐，又像是姑姑，有一阵，我特别喜欢听她唱歌，她有一个红皮本子，里面手抄了很多歌谱，都是台湾那边的清新民谣。她常常唱这首歌：小城故事多，充满喜和乐，若是你到小城来收获特别多，看似一幅画，听似一首歌……她告诉我，有个叫邓丽君的，唱歌特别好听。而且她不嫌我小，愿意教我唱歌。我对阿凤抱有一种近乎崇拜的好感，我希望自己长大后，能像她那样。

阿凤家的女人都讨人喜欢，从老奶奶到聋子丽华，到阿凤姐妹，她们都有温暖的笑容和慷慨的个性。但他们家的男人则正好相反，不管是父亲王大进，还是大哥王海泉，都吝啬、苛刻和贪婪。像有两种力量，各执一端，在阿凤家的男人和女人之间默默地较量。

阿凤的大姐阿娇考上了师范学校，当了老师，还嫁了一个戴眼镜、斯斯文文的语文老师。阿凤则考上了万春城一中的高中，那时，王厝几乎没有女孩上高中，本来王大明的小妹妹素珍和她一起上的初中，但初中还没毕业素珍就退学，去农贸市场帮人卖衣服。阿凤是王厝唯一一个要考大学的女孩。她总是骑一辆自行车独来独往，看上去有点孤单。

第一次高考，阿凤失利了。阿凤报了一个复读班，每天晚上去上课，准备来年再考。

一日，我在祖屋玩，发现有人搬进了那间多年无人居住的厢房。我走过去一看：阿凤正坐在屋里看书。

“阿凤姐，你怎么住这了？” 阿凤家从祖厝搬出去已有十几年了。

“这里清静一些。”她似乎有点尴尬。

她的屋子很简单，一张单人床，挂着白色的蚊帐，一张黑色的小课桌，和一把木椅子，桌上摆着一些书本和一盏台灯。

“阿凤姐，你自己一人住这害怕吗？”

“没什么可怕的。”

“阿凤姐，你还唱歌吗？把你那本歌本借我看看吧。”

她找出了那个红色封皮的笔记本，递给了我：“你自己唱去吧，我看会儿书。”

我拿着歌本，迈出门槛，在过道的台阶上坐下，一页一页地翻着，自己哼唱起来：小城故事多，充满喜和乐，若是你到小城来，收获特别多，看似一幅画，听似一首歌……

阿凤仍坐在课桌前温书，我已经许久没听她唱歌了。

第二年的高考，阿凤又失利了。

第三年的高考，阿凤还是失利了。

王厝人都说阿凤没有上大学的命。“没那个命，就不能强求，人家素珍都结婚了。”我母亲说，“听说，王大进和王海泉都不同意她再考了，是阿娇顶住了，主动提出自己负担阿凤的所有费用，他俩才不好说什么。”我为阿凤感到难过，但我从来没和阿凤提过这件事，我不知该说什，而且我觉得阿凤也许不想听别人说什么。事实上，已经越来越少看见阿凤出门了。

那年七月，阿凤参加了最后一次高考。

阿凤的母亲聋子丽华，找出了阿凤所有的课本和试卷，堆成一堆，撂在了那个收破烂的男人跟前。收破烂的把它们统统塞进了一个脏脏的大麻袋里，然后举起秤，用秤上的钩子钩住麻袋，踮着脚，往上举着秤，另一只手调调了秤砣，对聋子丽华说道：“高高的，二十二斤八两。”阿凤呆在屋子里，什么也没说。那“二十二斤八两”就是这几年来阿凤的所有，现在结束了。

“恭喜呀，阿凤嫁哪啦？”我母亲向挨家挨户发订婚喜糖的聋子丽华问道。

“嫁台湾啦。”聋子丽华咧着嘴笑。

“呦，嫁台湾好呀，这下日子好过啦。”

“就是有点远。”聋子丽华觉得还是有点遗憾

“日子过得好就行，阿娥不也嫁过去了吗，听说日子不愁，家里的地有很多。”母亲尽力说些好听的话。

给阿凤做媒的正是前年刚刚嫁到台湾的阿娥。那两三年，万春城突然掀起了适婚女子远嫁台湾的风潮。那些到万春城找老婆的台湾男人大多在四十至六十之间，大多是来自台湾南部的农民。在成为万春城婚恋市场上的紧俏商品后，他们从一开始的受宠若惊渐渐习以为常。阿娥是王厝第一个嫁到台湾的人。阿娥个子高挑苗条，一张小小的鹅蛋脸，从二十岁起就在找婆家，曾经想找一个吃公家饭的每月按时领工资的男人，过稳定的轻松的日子。但吃公家饭的男人通常只娶也吃公家饭的女人，阿娥虽姿色姣好，却没一份稳定的工作，所以终究没能如愿。在挑挑拣拣之中，一不小心就步入了“高龄”，可供选择的余地越来越窄。在阿娥三十一岁那年，媒婆带来了一位四十二岁、死了老婆的台湾男人。当年阿娥远嫁台湾。

阿凤要嫁的男人和阿娥的男人同一个村，四十岁，倒是初婚。订婚后，阿凤的未婚夫在阿凤家出入，个子不高，理一个短短的平头，穿一身灰黑色的西装，袖子有点长，肩膀有点宽，后襟那有点皱。我想起阿凤以前喜欢唱的那些台湾民谣，

也许嫁到台湾去，是个还不赖的选择，但就这点，我也没和阿凤核实过。

没多久，阿凤的未婚夫先回了台湾，并没有带走阿凤。走的时候说，回去准备一下，过个把月便回来把阿凤接走。但一走已有半年，王大进开始着急，担心出了什么事。聋子丽华只好让阿娥去催一下。阿蛾带回的消息是，男方不打算回来了，但会汇一笔钱过来作为补偿。

王大进大骂："这个死夭寿，没良心，害了我们家阿凤。"但事已至此，阿凤的父母和兄弟姐妹经过一番商议后，决定只能接受这笔补偿金。"总比人财两空好一点。"他们这样劝阿凤。阿凤趴在枕头上哭了一场。

第二年秋天，聋子丽华又一次挨家挨户发喜糖。

"我们阿凤订婚了，吃喜糖啊。"

"恭喜，恭喜，新郎是哪里人，做什么的？"母亲问道。

"就在旁边石鼓镇，手艺人，箍铁桶、铝桶，自己开了家小店。"

"不错呀，几时结婚？"

"打算年底就结。"

阿凤经媒人介绍，嫁给了一个带着八岁男孩的鳏夫。那个台湾男人留下的聘礼和汇来的那笔赔偿金作为嫁妆随着阿凤带到了夫家。据说，鳏夫对此颇为满意。

再见阿凤时，她已是一位母亲。傍晚放学，我推着自行车上坡，碰见她抱着一个孩子，迎面走来。

“阿凤姐，你回来了。”我已经有两年没见过她了。看上去，她和以前不一样了，以前扎着马尾辫，现在剪了个短发，微微笑起来，眼角竟多了几条皱纹。

“这是你女儿吗？多大了？”她怀里的孩子正吮吸着大拇哥。

“快一岁了。”

寒暄了两句，阿凤就跟我道别了，说是着急赶回去做晚饭。

几年后，我也参加了高考，并就此离开了万春城，再没见过阿凤。听说阿凤后来又生了个儿子，仍然和丈夫经营着那家铝桶店。有时想到她，我还会不由自主地在心里哼起那个熟悉的旋律：小城故事多，充满喜和乐，若是你到小城来收获特别多，看似一幅画，听似一首歌……如今，再也没有人会唱这老掉牙的歌了。

白秋生

“王秋生，男，25岁，出生于万春城六里街王厝，黑社会团伙头目，于1991年3月12日晚在黑社会团伙械斗中，持枪杀人。”当“王秋生”这个名字被念出，并通过扩音器在体育场上响起时，我并没有把他和白秋生联系起来，直到六里街王厝几个字飘进耳朵时，我才突然意识到，他就是白秋生。我使劲踮着脚，扯着脖子往前探，可是辨不出他来，不过也是一个光头、穿着囚衣的犯人。

万春城正在体育场举行宣判大会。体育场上人山人海，除了我们这些被组织来受教育的中小学生，还有不少赶来看热闹的闲人。我们站在体育场的中心，正对着主席台。带着手铐、脚镣的犯人被押着送到台上，有人低着头，有人昂着头，有人挺着胸，有人看着地。我们踮着脚，提着脖子，试图去看清他们的脸，他们的神情，看他们是否痛哭流涕，是否会怕得尿湿裤裆。但没有用，隔得太远，什么也看不到。主席台上穿着制服的人对着扩音器，念出犯人的姓名、年纪、籍贯、罪行、罪名、刑期。某某某，被判有期徒刑15年；某某某，被判无期徒刑；某某某，被判死刑……当“死刑”两个字回荡在万春城体育场时，所有人都发出“啊”的一声，嘴巴大得能塞下一个芦柑。犯人们却像根本听不到似的呆呆站在那，毫无表情，一点都不像电影里演的那样，没有人痛哭流涕，也没有人振臂高呼。

“现在宣判，王秋生被判死刑，剥夺政治权利终生，立即执行。” 宣判员的声音突然提高了两度。我远远看见，白秋生静静站在那里，并无低头认罪，也无绝望或愤怒地挣扎叫喊。而人群在发出“啊”的一声之后，已然沸腾。

宣判完毕，犯人们被押上一辆卡车。卡车从左前方往这边开了过来，我往前挤过去，卡车正好急急离去。插身而过匆忙间，我似乎瞥见白秋生的嘴角还带着一丝笑意，就象他以前推杆打康乐球时那样。但或许是我看错了，或许我看到的并不是他，或许是他，但并无笑意。总之，我并不能确定。我不能确定的还有，那个追在卡车后面奔跑的人是不是王大海的女儿王丽萍，尽管看上去非常像她。我惟一能确定的是，那天晴空万里，阳光灿烂。

万春城大点的红白喜事都在体育场办，除了宣判大会，还有两年一届的芦柑节，一年一次的康乐彩票节，甚至我们中学每年的运动会也在那举办。我们这些中小学生被组织着去参加一年一度的宣判大会，从小接受法制教育。学校每年也会找些改过自新的犯人来给我们做报告。我们搬来条凳，一排接一排坐在烈日炎炎的操场上，听一个身穿囚衣的光头犯人讲述自己的犯罪史和重新做人的心路历程。他们的报告通常都是这样的：小时候长辈宠爱，调皮捣蛋，后来父母离异，自暴自弃，加入帮派，发泄不满，偷鸡摸狗，抢劫伤人，锒铛入狱，政府感化，追悔莫及，痛定思痛，痛改前非，重新做人。刚开始听着还新鲜，不过听多了也就让人打瞌睡了。那一年，有一部叫《少年犯》的电影很火，学校组织我们去观看学习。那是一个法官妈妈如何拯救少年犯儿子的故事，最后给我留下深刻印象的是这样一幕：一个少年犯拿一把剪刀扎进了另一个少年犯的肚子。直到这场宣判大会之前，我从未把这些光头囚犯的形象和白秋生联系在一起。

第一次见到白秋生时，他还只是在父亲带领下去柑桔园干活的十五岁少年。白净，腼腆，比起他的哥哥冬生来，简直有点害羞。他的父亲王大树第一次领着兄弟俩去柑桔园除草，那是一个炎热的夏日清晨，阳光就像今天这样灿烂，天空像今天这么蓝。那时，还没有人称他为“白秋生”，都只是叫他“秋生”。

秋生的父亲王大树个子高瘦，总让人觉得哪里有点不对劲，再细看，脖子像大白鹅那么长。他脸色蜡黄，有气无力，好像随时会病倒，但一张嘴讲笑话便毫无征兆地来了精神。他专爱讲下流话，一双贼眼老爱盯着女人的胸和臀，不论是刚发育的十几岁小姑娘还是风韵犹存的半老徐娘。别的男人被发现眼睛不老实，通常都会躲藏，但王大树不这样，而是愈发肆无忌惮地看回去，搞得被看的人反而像理亏了一样，只能躲闪，心里暗骂："这个老色鬼"。

王大树是个大嘴巴，爱吹牛，他和哪个女人有点什么风流韵事，必定会通过他那张大嘴巴吹出去。"那个疯女人非得和我去吃咯摊，我就去罗，不过我看她那对奶子都快垂到桌上了。"他喜欢称呼那些和他有点什么关系的女人为"疯女人"。当然，如果真有什么女人和他去吃咯摊，那掏钱的肯定也不是王大树。王大树很抠，只从别人身上占便宜，别人则甭想从他身上拔得一毛，即使是通常能让男人有求必应的吴金枝也不例外。在王大树的嘴里，总有一帮女人排着队要请他吃饭，和他睡觉，让人摸不透真假。王大树的老婆，秋生的妈则常年不在家，听说跑到马来西亚去了。

"大树，你这两儿子，人才呀，就你这模样，怎么生出这等人才的？"一同去柑桔园干活的人逗王大树。

"这我敢保证，绝对是我的种。"王大树笑着回应道。站在他身旁的秋生，脸已经微微红了起来，不太适应大人们这样说话。

这个腼腆的少年，在二十一岁那年，成了六里街帮派的老大。人们称他为"白秋生"，因为他长得白，更重要的是为了和另一位帮派老大“黑秋生”区别开来。据说黑秋生与白秋生正相反，长得又黑又丑。黑秋生在一场斗殴中被砍死，白秋生接了他的位子。

都说白秋生是个狠角色，但我能想到的，还是那个腼腆的少年。有时，看见他在咯摊市场那打桌球，在万春城我们叫“康乐球”。那些年，康乐球突然成为万春城的一项时髦娱乐，没事做的小年轻天天都在市场那玩球。当然，并非只是玩，也赌钱。白秋生的家就在市场边上，他常常出现在那，穿一身白，干干净净，倒象是个演员。加上年轻英俊的面孔，挺拔的身材，还有那些呼风唤雨的传说，引得不少胆大的年轻姑娘想靠近他。

有一次，王大海的女儿王丽萍看见白秋生在市场那打康乐球，便过去说话，还伸出一只手碰了碰他白衬衫上的一颗扣子。白秋生对她笑笑，说：“你等我电话吧。”闲暇时，他乐于对那些女孩展现他招牌式的笑容。王丽萍小学没上完就辍学，成为王厝的孩子王。她带着我们几个小孩玩，爬树，偷水果，大街上闲逛。

有一个夏天，她对我们说：“你们想吃冰棍吗？”

“想。”我们咂吧着嘴，说道。

“那跟我走，我带你们去拿冰棍吃。”

在王丽萍的带领下我们溜进了冰棍厂大门，进了冷库，每人拿了几根冰棍就跑。冰棍厂里的人很快便追了上来，拦住我们，凶巴巴地喝道："把冰棍拿出来，不然就把你们送派出所去。"我们只好乖乖地把手里的冰棍还了回去。可是王丽萍却有办法，她把冰棍往裙子里一塞，那人便拿她没办法了。最后，只有她有冰棍吃。那时，我便知道王丽萍是个不一样的女孩。

后来，我看见，王丽萍和白秋生在咯摊市场上一起打康乐球，有说有笑。王丽萍还是像上次那样伸出一只手去碰一碰白秋生衬衫上的扣子。但大家都说，王丽萍想嫁给白秋生，是在做白日梦，他们都说，"白秋生只是玩玩"，"白秋生的女人多的是"。

白秋生在王厝的名声并不算太坏，因为他并不干骚扰乡邻的事。虽然大家都知道他的厉害，忌惮着他，但只要不去惹他，他也不会去惹你。所以在王厝人眼里，白秋生是个"讲理的人"，和黑猪那种十足的疯子并不一样。人们远远看见黑猪就赶紧往马路边上躲，甚至在私底下提起他的名字时，都会压低了嗓门。但对白秋生，人们心里甚至有一种无法说清的隐隐的喜爱，就像那些姑娘们对他的青睐。

六里街派出所就在白秋生家对面，隔着一条马路。白秋生也没少进过派出所，但总能很快从马路那边的派出所出来，回到马路这边的家。

一年前，白秋生又进了派出所，却没能像往常一样走出来。据说那是一场帮派和帮派之间的恶斗，发生在深夜的六里街头。

“听说，有人开枪了。”

“听说，有人被砍死了。”

人们饶有兴致地议论着那场帮派之间的械斗，说着各种道听途说，随意地添加各种情节，好像当时就在现场一样。就像王厝所有的故事，关于这场帮派之战，也有它的不同版本。

白秋生的妈从马来西亚回到了万春城。这位勇敢的母亲面见了万春城某位重要领导，异想天开地向其暗示，自己在马来西亚搞房地产生意，只要网开一面，钱不是问题。把自己装扮成南洋某房地产商的白秋生的妈，其实是一位在马来西亚的卖淫女。这位母亲，天生有演技，一点都不怯场，凭着多年与男人打交道的经验，镇定地和这位领导周旋着，几乎博得了领导的允诺。只可惜，光靠演技还不够，迟迟未能全部兑现的钱数，终让领导恼羞成怒。一年后，也就是此刻，在万春城的体育场上，25岁的白秋生被判了死刑。

从宣判大会回来后，我听到父母正说着白秋生。

“没想到还真给枪毙了。”

“宣判完之后，卡车就拉走枪毙了，只让王大树领骨灰。”

我脑子里开始想象白秋生被枪毙的画面。学校的同学说，枪毙的地点在远郊山上，执行枪毙的公安都得戴着面罩，因为怕被人看见或认出来，枪瞄准的是犯人的后脑勺，做到一枪毙命，不行就再补一枪。我以前一直以为瞄准的是心脏。还有一点我不知道：站在多远处瞄准呢，还是直接拿枪抵着犯人的脑袋？还有同学说，执行枪毙的公安，不只一个，还分主射手和副射手，如果主射手做不到一枪毙命，由副射手补上一枪，可能是怕主射手受到惊吓，乱了阵脚。在子弹穿过脑袋的瞬间，白秋生会是什么表情，会痛苦地扭曲着脸上的肌肉，淌下最后一滴泪吗？还是脑中只剩一片空白，连疼痛都无法察觉？我不知道。我有点害怕。我决定不去想了。

王大树捧回了白秋生的骨灰。白秋生的妈又回了马来西亚。在白秋生坐牢里时，王丽萍的妈拉着王丽萍去医院流掉了腹中的孩子。关于白秋生的故事，就此结束。

多年后，白秋生的堂弟猫仔成了六里街帮派的新头目，人们叫他“小秋生”。

舞女的心肠就是硬

黑牛穿一身深蓝色西装、黑色皮鞋，手拿一个比砖头小点的黑色大哥大，踏进王大刚家的门槛。王大刚请他坐在木头沙发上泡茶，他把那个黑色的大哥大立在茶几上，上面支着一根银色的天线。

“黑牛”是他的外号，但大家都只叫他“黑牛”，没人叫他真正的名字，也没几个人知道他真正的名字。黑牛在万春城的建筑行业干得风生水起，黑牛是王厝第一个开上桑塔纳、第一个用上砖头大哥大的人。

“大刚，你看我要选个村长能选上吗？”黑牛开门见山地说。

王大刚先一愣，然后问道：“你是有名的企业家，看得上这小小村长？”

三年一次的换届选举在十月举行。

“你选谁？”

“选谁还不是一样，和我们又没多少关系。”

“那边有人说了，选黑牛能拿两百块钱。”

旁边有人提醒道：“别选错了，黑牛叫王学文。”直到这个时候，大家才第一次听说黑牛的大名。

黑牛公开承诺要大力投入教育，谁家孩子考上万春城一中，就可以拿到奖学金，初中500元，高中1000元。而且他私下向大家承诺，投他一票奖励200元。

黑牛被选为村长，而且兑现了他的承诺，没有食言。大家都改口叫他：黑牛村长。

第二年，黑牛村长开始在王厝盖大宅。这大宅并不简单，是在一个池塘上盖起来的。风水先生在王厝转了一圈，就相中了那个池塘，说，“全王厝就那块地最好”。黑牛村长就想要最好的，他把池塘买下，把水放干，填平，就在上面起楼。

在对面马路和大宅之间是一整片菜地，只有一条窄窄的田埂可走，黑牛村长的桑塔纳根本过不去。所以，黑牛村长决定先修路。几个月后，一辆足够通行桑塔纳的宽马路修好了。大楼才开始动工。

那些外地舞女具体是哪月哪日来到万春城的，不得而知，就像当初那些徽城乞丐一样，她们突然就来了，而且很快便让万春城人无法忽视她们的存在。

“每到晚上，万春城夜总会里挤满了男人，男人们直接把钱塞进舞女白花花的胸脯。”

“那些舞女皮肤都白，腰身都细，屁股都翘，活儿都好，哄得男人昏头转向。”

“那些舞女都喜欢健身，每天下午在万春城体育场跑步，个个都穿着黑色紧身裤。”

夜色降临，华灯初上，舞女们盛装出场，像一针兴奋剂直接插入万春城的肾上腺。王厝人在脑子里拼凑着灯红酒绿、烟雾缭绕、秋波如电、软语轻笑的画面。据说其中一位来自四川的舞女，是黑牛的情妇。

那几年，三十多岁的包工头黑牛正走好运，手上的工程源源不断，钱哗哗地流进口袋。连万春城最好的中学，都让他来盖教学楼。黑牛发财之后，人也富态了，红光满面，顶着个圆鼓鼓的大肚腩。大家都说，黑牛能拥有这一切得感谢一个人，就是他的老婆。早年王大国从部队退伍回来，投身一包工头门下，学盖房子。手艺学得如何不知道，但没多久便把包工头闺女的肚子搞大了。这对新人并没有在王厝举行婚礼，而是旅行结婚。这是当时正兴起的新时尚，也终于吹进了王厝。“什么旅行结婚，就是肚子大了，不好意思见人。”似乎什么事都瞒不过王厝的女人。徒弟变成女婿，包工头岳父开始把一些工程分给黑牛去做。几年之后，黑牛便能够独挡一面。

一日，在六里街上，从黑牛的黑色桑塔纳里下来了一位穿黑色紧身裤配白色低领薄纱上衣、红色高跟鞋的女人。这舞女并非有惊人的美貌，不过皮肤比黑牛老婆白，身材比黑牛老婆苗条，年纪比黑牛老婆小，笑起来比黑牛老婆媚。但她身上确有一种王厝女人所没有的东西，也不是放浪，更像是一种豁出去之后的无所顾忌。

直到几年之后，黑牛和舞女的私生女才出现在王厝。那是一个干瘦干瘦的小女孩。她的母亲，那位舞女，在她快一岁时，见逼婚无望，便迅速脱身，抛下还不会走路的她，离开万春城，不知所踪。据说是，继续南下，到另一个更开放更好挣钱的城市重操旧业。黑牛把那个孩子交给了六里街上一对夫妻抚养，每月给一笔充裕的生活费。但最近一场大火，烧掉了六里街几间骑楼，而这对夫妻的房子便在其中，所以他们只好把这个孩子交回给她的父亲黑牛。王厝人见到那个孩子时，她已经六岁。但黑牛的老婆却并不承认这是她丈夫的私生子，她跟大家解释说：“那是工人阿勇的侄女，家里姐妹有四个，养不起，我们觉得可怜，就要了一个来养。”自然，没有人相信这一套，也没有人会当面揭穿她。

“你爸爸是谁？你妈妈呢？” 王厝的女人开始有意无意地过去和那个孩子搭讪。但是那孩子却一句话不说，只是瞪着一双大眼睛。大家听见，这个孩子管黑牛的老婆叫“阿妈”。

“阿一，过来把院子扫一扫”，“阿一，那几个碗洗好了没有”，“阿一，去把垃圾倒了。” 常常能听到黑牛的老婆扯着嗓子叫唤那女孩。这个叫阿一的女孩便从此在黑牛家住了下来。那个舞女一次也没有回来过，大家都说，舞女的心肠就是硬。

关于那个舞女，关于私生子都没有影响黑牛村长的仕途，因为关于她们的一切都只是传闻，黑牛自己从来没有承认过什么，而黑牛的老婆则断然否定了那些传闻，她说："都是胡说八道，乱嚼舌根。"

真正让黑牛担心的，是他的弟弟黑猪。

黑猪是全王厝最野蛮的人。当然，"黑猪"是他的外号，同样没有人想得起他的真实名字。黑猪总是骑一辆黑色摩托车，拖着一股黑烟，咆哮而去，人们远远看见他就赶紧往马路边上躲，甚至在私底下提起他的名字时，都会压低了嗓门。连黑猪的母亲都说不清楚，黑猪一身的狠劲儿是从哪里来的，他打架斗殴，调戏妇女，赌博抢劫，在十五、六岁时就已是六里街一霸。

有一次，吴金枝的丈夫"疯狗"挑两簸箕青菜走在路上，躲闪不急，剐蹭到了黑猪的摩托车。黑猪气冲冲从车上下来，冲上去一阵拳打脚踢，边揍边骂，"干你老母，找死呀"，然后往他身上吐口水。没人敢劝架，甚至没人敢站近了，只是远远地看着，直到黑牛赶过来拉住了他。

"疯狗"已经奄奄一息。黑牛掏出两百块钱，塞给赶来的吴金枝，"去买点药。"抗议通常是没用的，谁都知道黑猪是个亡命之徒，只要这次不让他打痛快了，那他日后定会搞得你家破人亡。黑猪当然也进过派出所，但是通常很快就能被黑牛保出来。当上村长后，黑牛郑重警告黑猪：“你以后少乱来，现在我好歹也是一村之长，你乱来，我这村长还怎么当？”

但后来让黑牛当不下去村长的，却不是黑猪。我们中学的教学楼出现部分坍塌的事已闹得满城风雨，电视新闻里说，“幸亏没有造成人员伤亡”。

随后，我们的校长被查出受贿一事，并因此下了台。当年这位校长上位之时不过三十五岁，所有人都说他，“年轻有为”，“代表了教育界革新的希望”。其中一个行贿者便是黑牛。黑牛带着年轻的校长光顾夜总会，并为他包下一位年轻舞女。校长的夫人是我们的英语老师，年轻漂亮，长发披肩，瓜子脸，打扮时髦，总是穿着细细的高跟鞋和窄窄的一步裙，走起路来，高跟鞋“咯噔咯噔”有节奏地敲击着地面。但是，又不失庄重，她得体的姿态，从容的话语，都在告诉人们，除了漂亮时髦，她还是一名受人尊重的人民教师。年轻有为的校长有点缺陷，走起路来，右腿不怎么灵活，别别扭扭地跟不上左腿的节奏，据说是一次喝醉了从楼梯上滚下来，把腿摔坏了。但那时候，所有人都说他们是郎才女貌。被免去校长职务后，我们的英语老师和他离了婚，她说：“我们性格不合，忍了这么多年，早就想离了。”

和教学楼一起垮掉的除了年轻的校长，还有黑牛自己。连黑牛这个包工头都没想到，房子竟会塌得那么快。而且，像多米诺骨牌一样，除了我们中学的教学楼外，其他几个工程也陆续出现部分坍塌问题。黑牛四处打点，为此他卖掉了六里街上的一栋临街商铺，卖掉了那辆黑色桑塔纳。池塘上的大楼也已停工，六层的毛坯楼毫无修饰地立在那，红色的砖头和水泥裸露在外，连一片瓷砖都没贴。

黑牛的村长职务已经被撤掉，只勉强保留党籍。没有人再让黑牛盖房子。黑牛只好改卖芦柑。但黑牛的好运气似乎已经都用完了，芦柑卖得并不红火。黑牛爱上了麻将。

黑牛经常打麻将打到半夜，然后第二天睡到中午才起。有一次在醒来的那一刻，他突然想到阿一的妈，那个失踪的舞女。他想，她会在哪里呢？当然，其实他一点都不在乎她在哪里，只是想起她，便很自然地想到这个问题。他几乎已忘了她的模样。有时候，他觉得好像能从阿一的脸上看到某些她的影子，有时候，他又觉得根本看不出什么。那个女人，只存在于过去，存在于那个农民企业家兼村长黑牛的时期，而那个时期已成历史。此刻，他只是一个因为打麻将打得太晚而睡到中午才起床的无所事事的闲人。

黑牛猝死前一晚，如往常一样，打麻将打到半夜，第二天快中午时醒来，刚坐起，胸中突然一阵剧痛。他大声叫他女儿，但送到医院时，已然咽气。

黑牛去世后，他的老婆打开保险箱，发现放着三根金条。她把其中两根给了自己的两个孩子，剩下一根自己留着。“听说，黑牛是要把三根金条分给三个孩子的，但他老婆眯了阿一那根。”王厝人都这么说。几年后，阿一出嫁，黑牛的老婆也没有把那根金条给她做嫁妆。又过了几年，黑牛的老婆把自己嫁了出去，那根金条成了她自己的嫁妆。

那栋烂尾楼经过多年的风吹雨淋，外墙上长满了厚厚的青苔。不过，最近它已经派上了新用场，黑牛的母亲在废弃的楼里养了十几头猪。

澳大利亚在哪?

王大海已经下定了决心，非去澳大利亚不可。

王大海是个木匠，会做各种各样的家具，几乎所有王厝人每天用的木头桌子、木头椅子、木头柜子，每天睡的木头床都是出自王大海之手。王大海不会别的，只会做各种木头家具。他喜欢闻木头的味道，他常常把鼻子靠近木头，深呼吸，嗅一下。他轻抚木头的样子，就像是在抚摸婴儿的皮肤。他曾经花了两个月的时间，为我家做一张床。那是一张老款式的床，上面有镂空的雕花，能转动的圆柱子、圆珠子。然后，王大海又花一个月，为这张床上了油漆。与其说是上漆，不如说是在上面绘画。王大海在三面床围上画山水。中间的那幅远处是一座塔，塔下有一个蓝色的湖，闪着明亮的光，湖上有一座拱形的桥，桥下有一条小小的船，岸上立着郁郁葱葱的树。看着王大海拿着笔，沾上各种色彩在床围上做画，我觉得他其实更像是个画家。他干活时，总是静静的，什么话都不说，好像沉浸在一种与周围隔离的氛围里。后来，我在这张床上睡了好多年，经常看着上面的彩色风景画，浮想联翩，有时忍不住伸出手去抚摸上面的湖光山色，感觉它触手可及。

王大海已经不再年轻，四十二岁，仔细看，腰杆都不直了，两个儿子也都十几岁了。突然在一夜间，他决定，砸锅卖铁去澳大利亚闯一闯。他认定只有在地球另一头的那个陌生国度是自己最好的出路。

王大海是个好木匠，但找他做家具的人却越来越少。王大海做一张床要三个月，做个柜子要两个月，王厝人等不起，他们直接到六里街上去买现成的、做好的家具。而且，大家都说，王大海做的家具，样式已经太旧了，尤其年轻人都不喜欢那样的老款式。王大海依旧每日做木工活，但是做好后，却大部分都摆在家里，难得有几件卖得出去。后来，王大海便做得越来越少了。

“澳大利亚在哪？是不是比南洋那边还远？”

“别看人王大海瘦得像猴，却吃了豹子胆。” 王厝人着实被王大海惊了一下。

王大海的老婆“哇”地一声哭了出来。这个女人一辈子都没离开过万春城，自从嫁到王厝后，就是围着锅台、孩子转。对那个不知在何方的澳大利亚，她之前听都没听过。

“你这个傻女人，哭什么，澳大利亚比这里富，好挣钱，我先过去，等几年之后，在那边站稳脚跟了，再回来接你和孩子。”王大海被女人的哭声搞得烦躁起来。他对澳大利亚的了解，其实比他老婆也多不了多少。

“不行，你走了，有个三长两短怎么办？你走了，我们也不活了。”王大海的老婆更加大声地嚎哭起来。他们有三个孩子，两个儿子，一个十五，一个十三，最小的女儿八岁。

提到孩子，王大海的心不自觉地软了一点，他耐住性子试图给老婆描绘地球那头那个陌生的地方。“我都跟朋友打听清楚了，去了那边好挣钱，在那边做一个月，能比得上在万春城干半年的。多少人做梦都想去呢。打个几年工，也许就能在那买个房子，然后就能接你们过去享福了。”王大海把那位朋友的话原封不动地都重复了一遍。当初，听到朋友说这些话时，他脑子一片茫然。

“享什么福，你这个没良心的，你在那么远的地方，要有个三长两短，怎么办，孩子要有个三长两短怎么办？”女人依然在抽泣，但王大海不为所动。如果他再老个十岁，哪怕五岁，可能就下不了这个决心了。此刻，他决定豁出去，他告诉自己，“就折腾这么一次”。

女人见自己动摇不了男人的决心，就把大儿子叫了过来。“阿狗，你阿爸要自己一人去什么澳大利亚，不要我们了。”

“阿爸，澳大利亚是个什么地方？”十五岁的阿狗并没有像母亲一样被吓坏了，只觉得澳大利亚这个名字怪怪的，但叫起来却还有点悦耳。

王大海把刚刚说过的话又跟大儿子说了一遍，然后等着儿子说点什么。儿子沉默了一会儿后，说出了一句话：“阿爸，我也想去。”王大海兴奋地说道：“我儿子有远见，比你阿母强，阿爸一定会带你去的。”

王大海的老婆找来了自己的婆婆，王大海的亲妈。

“你这个夭寿啊，一把年纪了，儿子也这么大了，还想跑到哪里去啊？”王大海的妈张口就骂。王大海早年丧父，王大海的妈一手拉扯大了三个儿子，王大海是家中长子。

王大海不说话，等着老母亲骂完了，才说道：“阿母，我知道你会骂我，但我也是没办法，已经没人找我做家具了，怎么办？澳大利亚是个机会，好挣钱，等我在那边站稳了，就把你们都接过去，把您也接过去享享清福。您苦了一辈子了。”

和大多数母亲一样，虽然嘴里骂着，但到最后还是会站在儿子这边。王大海母亲的声音已经低了下来：“那你老婆孩子怎么办？你放心把他们留这边。”

“你放心，我肯定寄钱回来，你们互相照应，过个几年，我就来接你们走。”

老人知道儿子去意已绝：“你这么大了，有儿有女的，我也管不了你了，如果在那边不好混，就早点回来，这边终归是自己家。”老母亲的这几句话，让王大海的鼻子发酸。

事情这么定了，王大海老婆这下倒平静了，不再哭也不再吵了，因为小儿子的一句话点醒了她。那日小儿子突然问她：

“阿爸怎么去澳大利亚？”她一下意识到，这个澳大利亚就是王大海的白日梦，永远也够不着，因为他无论如何也拿不出那十万保证金。

去澳大利亚需要十万担保金，王大海一辈子也没见过那么多钱，砸锅卖铁也拿不出那么多钱。但是，王大海也没想砸锅卖铁。

两个月后，王大海回来跟他老婆说道：“办妥了，该收拾东西了。”他老婆简直不敢相信，嘴巴张得能塞进一个鸡蛋。王大海不偷也不抢，钱是堂堂正正从银行贷款出来的，王大刚做的担保。

一个英文字母都不会说的王大海只身一人离开王厝，上了从鹭岛到悉尼的航班，与之同行的还有万春城的十余人，他们在一个四十岁左右男人的带领下，向未知的遥远国度飞去。王厝和往常一样，并没有因为一人的离去而有任何改变，也没有人会羡慕那样生死未卜的背井离乡。

到了澳大利亚，王大海和同行的人被分别送到了不同的农场。农场很大，主人是个50来岁的白人。在农场里，王大海用做惯木工活的双手剪羊毛，宰羊。

王大海在那个农场做了五年，即使刚冲完澡，仍会觉得自己一身羊膻味，即使用了香皂，用了沐浴露也洗不掉。王大海有时觉得羊膻味已经一点一点渗进了自己的皮肤里，头发里。想到这，他跑去洗手间干呕了几下。他几乎快想不起来曾经那么熟悉的木头的味道。有时候，看见树，他就把鼻子贴上去，用力地嗅一嗅。那里，连空气的味道都不一样，更别提木头的味道了。那里只有桉树，而百春山上种的都是松柏。但只要不是羊膻味，王大海就觉得没什么可抱怨的。

当王大海的老婆收到第一笔汇款时，又哇哇大哭了一场，拿着那沉甸甸的一摞票子，脑子里浮现的是一大群白色的绵羊。

三年后，王大海拿到了绿卡，并且把银行贷款还清。又过了三年，他办妥了一切手续，把老婆孩子都接了过去。王大海对宰羊这件事已深恶痛绝，离开农场时，他发誓这辈子再也不碰羊，再也不吃一块羊肉。他用积攒下来的钱开了一家小小中餐馆。当然，餐馆的菜单上没有任何与羊沾边的菜，最受欢迎的是宫保鸡丁和咕咾肉。王大海一家人都在餐馆里干活。王大海掌勺，老婆和女儿为客人点菜，端盘子，儿子们则负责采购。

就在所有人都快把这家人忘光时，王大海带着老婆衣锦还乡，顺便环游中国。北京、上海、西安、成都……这些以前在国内时都没去过的地方，现在以澳洲华侨的身份都走了一遍。王大海的老婆想到当年自己是如何哭着阻拦丈夫的，心中满是羞愧。

王大海带回来的澳洲特产是绵羊油，这种护肤品是从羊毛中提炼出的油脂。所有王厝人见者有份。

"文海，听说你在澳大利亚住上别墅了？"

王大海笑笑说："不过是很普通的房子，大家都住那样的房子。"

"文海，听说你的餐馆生意火得很啊。"

王大海仍然笑笑说："还可以，还过得去。"

"文海，当初有这等好事，也不叫上兄弟一起走。"

王大海还是笑着说："我哪敢叫你啊，你老婆不杀了我呀。"王大海心想，就算叫你，你也不会走的。

"文海，还做木工活吗？"

"早不做了，这双手已经没用啦，只能用来炒炒菜了。"王大海不好意思地看了看自已的那双手。他想起，第一次宰羊时，他把长刀架在羊脖子上，羊瞪着的圆眼睛像颗大龙眼，他的手不禁微微抖了起来。王厝人发现王大海的本地话已经说得有点不利索了，像口吃了一样。

白日梦

春节，王永丰开了辆100多万的宝马7系回到了王厝。只可惜，王厝的路还是那样窄，宝马根本跑不起来。在内王厝和外王厝的拐弯处，费了好大的劲，还是卡在那，拐不过去。

“宝马呀，这路配不上你的车呀。永丰，你要先修路呀。”有人围了过来，调侃起这位年轻人，“往左打轮。”

王永丰一边按照指示往左打轮，一边无奈又尴尬地笑着，发现自己还是高估了王厝的路。他离开已近五年了，这个春节，是离开后第一次回来。王厝的老房子，已经住不惯了，他在万春城最好的酒店订了房间，尽管那里的房间，他也并不满意，但已找不到更好的了。王永丰不喜欢别人说他有钱了就忘本，所以他在适度地展示自己的成功时，可以保持着低调。他亲近的态度，他微微的笑容，显示了他的低调，而妥贴的西装和宝马坐骑则展现了他的成功。

很多人都想不起，眼前这位身着灰色西装的年轻人，曾经结结巴巴说话的样子。这个孩子第一次引起关注，是在他母亲的葬礼上，当时他不过七、八岁而已。

王永丰永远记得那一天。那天有人告诉他，“你阿母走了”。走了？去哪了？他不明白。他看见，阿母静静地躺在床上，穿得整整齐齐，闭着眼睛，像睡着了。他伸出手，碰了碰她，想把她摇醒，但有人把他拉开了。家里一片混乱，来了很多人，很多陌生人，所有人都很忙的样子。阿爸在哪呢，他找不到他。他不知道，自己该干点什么。他看见学校的音乐老师，鼓着腮帮子吹小号，他很奇怪他怎么会在这里，而且他吹出的那个声音令他心烦意燥。后来，有人开始烧东西，他们说那些纸房子、纸电视，纸冰箱是烧给阿母的。他看见火焰蹿起，像在起舞，黑色的灰烬随风飘散，越飘越高。后来有人给他套上了白袍子，有人让他抱着阿母的照片，走在送葬的队伍里。他记得照片上的阿母，咧着嘴笑着。他们抬着阿母的棺材上了山，他们把阿母的棺材推进了一个洞里，然后用土，用水泥封上了洞口。他记得所有的这些，但他忘了自己有没有流眼泪。他知道，阿母死了，永远不会再回来。他的妹妹哭了，他却说不出一句话来，只觉得嗓子发干，像堵着一块石头，他只想喝水，但他找不到水。

葬礼前两天早上，王永丰的阿母在和婆婆吵架后，抓起家里的大半瓶农药“乐果”，一口气喝了，送医院后却没抢救过来。葬礼是大操大办的，因为都说自杀的人怨气重，如果不把葬礼办得风风光光，死人的怨气无法散去，将不利于活着的人。尽管王永丰的爸爸王大培，手头并不宽裕，但他知道这个葬礼是无论如何不能将就的。

王大培请了“师公”王大礼为死去的老婆做功德，还到六里街上找了一家花圈店，糊了房子、轿子、电视、冰箱、洗衣机、自行车、缝纫机。所有这些东西在王大礼做完功德后，统统烧了，让王大培的老婆在阴间享用。

我们小学的音乐老师高老师被请到了葬礼上。在王厝，除了山猪喜欢边走路边哼个小曲外，没听见过哪个男人唱歌，但教我们唱歌的高老师，却是个男的。一个高大的男人边拉手风琴边唱歌，多少有点怪异。高老师头发总是有点乱，比一般男人的头发要长一些，但也不是长发，在万春城除了疯子，没有男人留长发。他喜欢扬一扬头，向左边一歪，甩一下头发，就像被一阵大风吹过的稻子似得，头发往一边倒去。他总穿一件白衬衫和卡其色裤子，腰板挺得笔直，并不高，只是瘦。音乐课上，他拉手风琴，偶尔也弹钢琴。但在王永丰妈妈的葬礼上，高老师吹的是小号，而且他穿上了白色的礼乐队制服，制服有点旧，有点泛黄，头上还戴着一个滑稽的帽子。他和其他几个同样打扮的大号手、小号手走在送葬队伍的最前面。以前，看见高老师走在送葬的队伍里，为死人吹小号，我还有点惊讶，但见多了之后，便也觉得没什么可大惊小怪的。

王永丰套一件白色的袍子，头上戴着高高的白帽子，双手捧着一个相框，里面放着一张他妈妈的黑白肖像照。他的父亲和妹妹站在他两边。山猪和其他几个男人抬着棺材，走在他们后面。送葬的队伍从路上经过，人们都赶紧跑去关门窗，他们害怕死人的魂会跑到屋子里。

上一次，我见过一个16岁女孩的葬礼，也是如此热闹。女孩也是喝了乐果，至于为什么要自杀，没有人知道。在王厝，喝乐果的通常都是女人，她们像杀死地里的虫子一样毒杀自己。我二堂婶也喝过乐果，她被送到了六里街中医院，医生把管子从嘴里插进去，插到胃里，难后在管子的这头插上漏斗，往里灌水。最后终于被抢救过来。出院后的二堂婶像被掏空了一样，整个人瘦了一圈，一张脸蜡黄蜡黄，话少了很多，自此不和婆婆吵架了，也再没能恢复往日的丰腴与红润。

葬礼之后，王大培努力想让日子过得像往常。孩子们照样每天去学校上课，他照样每天去柑橘园干活。儿子从葬礼后，就没再提过他妈妈，小女儿刚开始总是哭着要妈妈，后来慢慢也不提了，就像她哥哥一样。他没有留意到，儿子不知从什么时候起，已很少说话，就算说话了，一张嘴就结结巴巴。

王大培暗自庆幸，日子总算一天天平静地过下去了，为了不让孩子们为难，他一直没有再娶。王永丰初中毕业，考上了武汉的一家技校。一年后，却自己跑回了家。宿舍里有个同学爬上了六楼的窗户坐了很久，不肯下来。后来，学校把他送到了安定医院。目睹了这一切的王永丰开始睡不着觉，宿舍那张空了的单人床，让他觉得心里也空落落的。半个月后王永丰坐长途车回了王厝。

退学后的王永丰有点魂不守舍，不怎么说话，恍恍惚惚在家闲呆了两年，王大培愁得睡不着觉。大家都说，“这孩子也没啥出息了”。

王永丰家的隔壁，住着疯掉的左撇，他的亲叔叔。左撇发作时的嚎叫，穿透墙壁，传到王永丰的耳朵里。他小时候问过大人很多次，“阿叔为什么会疯了？”没有人给过他明确的答案。他搞不明白，一个人为什么会疯掉，一个人疯掉又需要多久？他告诉自己，必须赶紧离开。

王永丰投奔了在东莞做生意的表舅。表舅在东莞开了一家布行，专门批发布料。布行并不大，象那样规模的，那条街上就有十几家。那是一个淘金之地，人人都说在那里黄金遍地。

王永丰在表舅家的布行推销布料。三年后，自己开了一家布行，生意还算不错。来东莞之前，王永丰从来没想过自己还会做生意。布行的生意越做越大，王永丰成了大家说的“千万富翁”。在东莞呆了几年的王永丰回到王厝过春节，大家发现他说话结巴的毛病已经好了。

“永丰，听说东莞的小姐全中国最好，是吗？”王永丰只是嘿嘿一乐，没说是，也没说不是。

宝马车终于勉强拐过了那个弯，车缓慢前行，没多久便在一个路口停下。王永丰下了车，向左拐进了那条小路。他来到了自家的老房子前，他发现眼前的老屋比记忆中的还要破败几分。人们都已纷纷搬离了这里。他拿出那把搁置了很久的钥匙，钥匙插在锁孔里，已显生涩，他转了三次才打开。他的视线在屋子里扫视了一圈，看见一只大蟑螂从墙角爬了过去，很快便消失在暗处。好像一切都没变，从这里走时，他几乎什么也没拿，因为没有他需要的东西，他想要一个新家，他要所有东西都是崭新的。王永丰伸手摸了一下以前他们吃饭的桌子，因为常年没人住，所有的东西都落上了一层厚厚的灰，他的手立刻沾上了一层灰黑色的尘土。他用另一只手去掸了掸，但手上还是留下了黑色的印记。扬起的灰尘钻进了他的鼻子，他忍不住打了个喷嚏。

隔壁的房子，曾经住着他的叔叔，疯子左撇。左撇已经在几年前死了。一个夏日午后，一条蛇爬到了他的床上，在他腿上咬了一口，他从睡眠中惊醒，感到一阵剧烈的疼痛。伤口上的蛇毒沿着血管，很快传遍了全身，他在惊恐和疼痛的哀嚎中死去。王永丰在东莞听到左撇的死讯时，难以相信那是真的。对于这个疯掉的叔叔、被毒蛇咬死的叔叔，他觉得一点都不真实。尽管他疯癫的哀嚎声已成为他成长岁月里的一种背景声音，但他还是觉得关于他所有的一切就像一场白日梦。就像他阿母的死和他阿母的葬礼一样，也是一个冗长的白日梦。尽管他看见阿母躺在那里不动，他捧着阿母的照片，走在葬礼的队伍里，他看着阿母的棺材被放进坟墓里，但他仍然觉得那是一场白日梦，像那天燃烧的火焰，像随风起舞的黑色灰烬，亦幻亦真。直到多年之后的此刻，三十二岁的王永丰站在这里，站在他和阿母、阿爸、妹妹曾经住过的房子里，那种虚幻感仍然如此强烈地侵占着他，仿佛这所有一切不过是许久之前做过的一个梦。而他一直没有醒来。

王永丰转身退了出去，关门，上锁。沿着小路，回到车里。他转动钥匙，启动汽车，同时做了一个决定：今天下午就离开这里。